Romantische Liebesperlen

Buntsüße Geschichten vom Verlieben

Buch

Verlieben ist aufregend und immer wieder anders. Mal flattern die berühmten Schmetterlinge im Bauch auf den zweiten Blick oder brauchen etwas Nachhilfe. Mal sind sie plötzlich da und machen die Welt, die eben noch traurig oder langweilig war, bunt und süß. Eine Sammlung romantischer Geschichten rund ums Kennenlernen lädt zum Träumen ein. Nicht nur für romantische Girls.

Autorin

Die ehemalige Lehrerin Anja Gerstberger betreibt die Jugendwebsite www.juppidu.de, arbeitet als Lektorin und schreibt Bücher. Das Titelbild hat ihre 12-jährige Tochter Katja gestaltet. Die Autorin lebt mit ihrer Familie in Hamburg.

Anja Gerstberger

Romantische Liebesperlen

Buntsüße Geschichten vom Verlieben

©2018

Herstellung und Verlag: BoD – Books on Demand, Norderstedt.

ISBN: 9783746080543

Redaktion: Anja Gerstberger

Illustration: Katja Gerstberger

Inhaltsverzeichnis

Return to sender

„Ich pack's nicht!", rief Jakob begeistert aus. „Jetzt hat es sogar Mister Unnahbar persönlich erwischt! Ist ja nicht zu fassen!"

Mister Unnahbar, im richtigen Leben besser unter dem bürgerlichen Namen Jonas Berthold bekannt, versetzte seinem feixenden Kumpel einen leichten Fausthieb in die Seite und lächelte ihn verlegen an.

„Und wer ist die Glückliche?", wollte Jakob nun wissen. „Wer ist diese Traumfrau, die den ewigen Eisblock endlich zum Schmelzen gebracht hat?"

Jonas hatte trotz seiner mittlerweile stolzen 17 Jahre noch nie eine Freundin gehabt, obwohl es ihm an Verehrerinnen wahrlich nicht mangelte. Er sah gut aus, war sportlich und sehr nett, vielleicht einen Tick zu brav und schüchtern. Aber letztendlich lag es einfach nur daran, wusste Jonas selbst wohl am besten, dass ihm bisher einfach noch kein Mädchen so richtig gut gefallen hat und der berühmte Funken einfach nicht übergesprungen ist. Bis vergangenen

Sonntag, als ihn beim alljährlichen Grillfest des Sportvereins aus heiterem Himmel Amors Pfeil getroffen hatte. Er wunderte sich noch immer über diesen unerwarteten Gefühlsschwall, denn besagtes Mädchen kannte er bereits seit etlichen Jahren. Und plötzlich hat es Wumm! gemacht.

„Das kann ich dir nicht sagen", druckste Jonas herum. „Wirklich nicht. Gib mir lieber einen Tipp, wie ich sie erobern kann." Sein flehentlicher Blick mäßigte Jakobs Kommentar.

„Erobern", betonte er das altmodische Wort und grinste. „Erobern kannst du Frauen am besten mit einer Riesenportion Romantik und Kitsch. Darauf stehen alle Mädels, das kannst du mir glauben!" Und Jonas glaubte ihm aufs Wort! Wie hätte Jakob sonst seine Freundinnen im Monats- oder – in besseren Fällen – Quartals-rhythmus wechseln können? Die Mädchen lagen ihm regelrecht zu Füßen, er musste also tatsächlich die entsprechenden Tricks auf Lager haben.

„Schreib ihr einen Brief! Damit punktest du im WhatsApp-Zeitalter hundertpro!", schlug Casanova-Jakob nun vor. „Mit gefühlvollen

Bildern und Versen. So nach dem Motto *Rose meines Herzens*. Da wird jede schwach!" „Das kann ich nicht", erwiderte Jonas zerknirscht. „Mit dem Formulieren habe ich es nicht so. Da kommt nur Murks raus."

„Ist doch kindereasy!", prahlte Jakob. „Das würde ich dir mit links machen!" „Okay, dann beweis es auch!", nagelte Jonas seinen Freund sofort fest. „Bis morgen möchte ich einen solchen Brief von dir haben!"

„Klar, das ist doch eine meiner leichtesten Übungen!" Jakob bemühte sich, möglichst überzeugend zu klingen. „Dazu brauche ich aber den Namen deiner Angebeteten!" „Nix da", schüttelte Jonas den Kopf, „ich schreibe deine Vorlage sowieso nochmal ab!"

Nur wenige Stunden später kaute Jakob nachdenklich an seinem Bleistift und merkte, dass die vorgegebene leichte Übung in Wirklichkeit ein äußerst anstrengendes Unterfangen war, das einem Möchtergern-Liebesbriefschreiber zur Verzweiflung treiben konnte. Seit einer geschlagenen Stunde mühte er sich mit dem Werk ab – bisher hatte er noch jedes

Versprechen gegenüber seinem besten Freund Jonas gehalten und er gedachte das auch in diesem schwierigen Falle zu tun –, aber was er bisher zu Papier gebracht hatte, war ziemlicher Müll gewesen. Da hatte er den Mund wohl etwas zu voll genommen! Wie kam er nur wieder aus dieser vertrackten Geschichte raus?

Eva! Klar, Eva war die Lösung!

Seine Schwester war eine regelrechte Deutschgröße und verfügte über enormes Sprachtalent. Nicht umsonst arbeitete sie in der Schülerzeitungsredaktion mit und hatte seit der ersten Klasse ausnahmslos Einsen für ihre Aufsätze erhalten. Wenn jemand einen tollen Liebesbrief schreiben konnte, dann sie!

Wenn er ihr als Gegenleistung versprach, für sie an zwei Wochenenden den Chauffeur zu spielen, würde sie sich bestimmt breit schlagen lassen. Seit Jakob den Führerschein hatte und den Wagen seiner Mutter mitbenutzen durfte, hatte er für diverse Gefälligkeiten seiner um zwei Jahre jüngeren Schwester ein unwiderstehliches Bestechungsmittel in der Hand. Damit würde er sie garantiert herumkriegen! Und Jakobs Rechnung ging auf.

„Willst du mir nicht verraten, für wen der Brief bestimmt ist?", versuchte Eva erneut, die geheimnisvolle Empfängerin ihres sprachlichen Kunstwerkes in Erfahrung zu bringen.

„Du wirst sie zu gegebener Zeit kennenlernen!", versprach Jakob und riss ihr ungeduldig den Zettel aus der Hand.

Gespannt las er, was seine Schwester in beeindruckend kurzer Zeit getextet hatte. Nachdem Jakob seine Lektüre beendet hatte, pfiff er anerkennend durch die Zähne. „Nicht schlecht! Allein die Anrede *Hallo kleiner Sonnenstrahl!* kommt voll gut. Auch der Rest trifft ins Herz, ohne dass du dabei zu dick aufgetragen hast. Super. Danke!" Ein seltener Bruderkuss auf die Wange einer verdutzten Eva und weg war er.

Drei Tage später bekam Eva mit der Post einen Brief ohne Absender. Exklusiver Umschlag, gefüttert, sowie teures Büttenpapier. Eine jugendliche Handschrift, stilvoll mit schwarzem Füller. Neugierig faltete Eva den Bogen auseinander und begann zu lesen. Doch bereits bei der Anrede erstarrte sie. *Hallo kleiner Sonnenstrahl!* lachte ihr da frech ins Gesicht. Die nächsten Sätze konnte sie fast noch wortwörtlich aufsagen. Schließlich hatte sie sich diese blumigen Formulierungen selbst ausgedacht. Das war ihr Brief! Genau die gleichen Worte! Was sollte der Blödsinn? Oh, nein, ihr Bruder würde doch nicht ... Oder doch?

„Du hast den Brief gar nicht für dich gebraucht, stimmt´s?", schrie sie Jakob wütend an, nachdem sie ohne Vorwarnung seine Zimmertür aufgerissen hatte. „Hast du wenigstens ordentlich dafür kassiert?" Wie ein Racheengel stand sie vor ihrem völlig verdutzten Bruder, der nicht wusste, wie ihm geschah. „Das ist wirklich mies! Mich dermaßen auszunutzen!" Wumm krachte die Tür ins Schloss. Zwei Minuten später fand sie ein verunsicherter und nachdenklicher Jakob auf dem Bett liegend, mit unbewegter Miene die Decke anstarrend.

„Du glaubst doch nicht etwa, dass ich deinen Brief zu Geld gemacht habe?"

„Ach nein?", höhnte Eva, ohne den vermeintlichen Übeltäter eines Blickes zu würdigen. „Dann sag mir bitte, für wen der Brief bestimmt war, wenn nicht für dich!"

„Das geht nicht." Jakob schaute unglücklich drein. Er wollte weder seinen Freund verraten, noch seine Schwester in dem Irrglauben lassen, ausgenutzt worden zu sein.

„Und warum nicht?", hakte Eva unerbittlich nach.

„Weil ich demjenigen gesagt habe, dass ich den Brief selbst geschrieben habe", rückte Jakob kleinlaut mit der Sprache heraus.

„Du hast was?!?", fragte Eva entgeistert.

„Ich habe deinen Brief als meinen verkauft. – Natürlich nicht wörtlich!", versicherte Jakob.

In diesem Moment klingelte es an der Haustür und Jakob ging in die Diele, um den Türöffner zu betätigen. Als Eva auf die Stimmen lauschte und den Besuch als Jonas identifizierte, fiel es ihr wie Schuppen von den Augen.

Klar, wem, wenn nicht seinem besten Freund, war Jakob zu absoluter Treue verpflichtet?

Na wartet, jetzt war sie an der Reihe!

„Hallo!", rief Eva mit übertriebener Fröhlichkeit, als sie sich wenige Augenblicke später zu Jakob und Jonas ins Wohnzimmer gesellte und mit spitzbübischem Grinsen genau zwischen die beiden auf das Sofa quetschte.

„Hey, was soll der Blödsinn?", knurrte ihr Bruder und blickte seine Schwester fast genauso verärgert an, wie sie es noch kurz zuvor bei ihm getan hatte.

„Bist du dir wirklich sicher, dass Jonas dich sehen will und nicht seinen kleinen Sonnenstrahl?"

Das war wirklich ein Bild für die Götter! Jonas mit feuerrotem Kopf und Jakob mit zunächst verständnislosem, dann erkennendem und zuletzt ungläubigem Gesichtsausdruck.

Und wäre in diesem Moment ein hochsensibles Mikrofon im Raum gewesen, dann hätte man

Jakobs Groschen fallen und die Herzen der beiden anderen vor Aufregung laut klopfen hören können ...

Blind Date

„Das meinst du doch nicht ernst, oder?" Jan schaute seinen Kumpel Torsten ungläubig an. Aber der Blick in das Gesicht seines besten Freundes verriet ihm, dass Torsten seinen Vorschlag durchaus ernst genommen hatte.

Er war für den morgigen Nachmittag mit einem unbekannten Mädchen verabredet und wollte nun, dass Jan statt seiner zu dem Blind Date ging.

„Du kannst doch jetzt nicht kneifen!", empörte sich Jan. „Du hast dir die Suppe selbst eingebrockt und wirst sie nun auch auslöffeln!"

Torsten blickte unglücklich drein. Er hatte sich das gesamte Wochenende über tierisch gelangweilt, da er wegen Jans Familienpflichten – er war auf der Hochzeit einer Kusine gewesen – auf sich alleine gestellt war und nichts mit sich anzufangen gewusst hatte. Da er sich zu keiner Einzelaktion hatte aufraffen können, war Torsten die ganze Zeit über ziemlich sinnlos herum-gegangen und hatte Radio gehört. Sogar die kitschige Kuppel-Sendung am Sonntagabend. Es musste ihn der Teufel geritten haben, dass er dort angerufen und sich mit einer netten jungen Stimme zu einem Blind Date verabredet hatte. Das morgen stattfinden sollte. Und jetzt traute er sich nicht mehr. „Dann geht eben keiner hin!", erklärte er daher trotzig.

„Das kannst du aber nicht bringen!", schimpfte Jan. „Das ist dem Mädchen gegenüber einfach nicht fair!" So war Jan eben. Immer nett und höflich. Tat stets, was sich gehörte. Und dieser Charakterzug war schließlich auch ein Grund dafür, dass er und Torsten seit Kindergartentagen miteinander befreundet waren. Der zurückhaltende Torsten und der unternehmungslustige Jan. Ein tolles Gespann.

„Dann ruf sie wenigstens an und sage ab!", verlangte Jan. „Das ist wohl das Mindeste! Wenn du jetzt schon feige den Schwanz einziehst!" Die letzte Bemerkung hatte er sich aus Verärgerung über Torstens sprunghaftes Verhalten nicht verkneifen können.

„Das geht nicht!", entgegnete Torsten zerknirscht. „Ich habe ihre Nummer nicht!"

„Wie bitte?" Jan glaubte seinen Ohren nicht zu trauen. „Ja, wie habt ihr dann euer Treffen organisiert?", wollte er wissen. „Das hat alles der Sender übernommen", erklärte Torsten und fügte vorsichtig hinzu: „Die wollen ja auch nach dem Treffen mit uns ein Interview machen!"

Jan lachte spöttisch. „Mit uns!" äffte er seinen Freund nach. Er schwieg für einen Moment und dachte nach. „Du musst hingehen!", überlegte er laut. Torsten schüttelte wie auf Kommando den Kopf. „Also gut!", gab sich Jan geschlagen. „Ich werde deinen Auftritt übernehmen." Torsten strahlte ihn dankbar an. „Dafür habe ich aber einiges gut bei dir, klar?" Torsten nickte eifrig, während Jan sich insgeheim fragte, auf was er sich da wohl eingelassen hatte.

Sie müsste eigentlich jeden Moment kommen. Jan blickte sich suchend um. Er war bereits zehn Minuten vor der vereinbarten Zeit im Café Reuter gewesen und wartete nun auf das unbekannte Mädchen, von dem er nur wusste, dass es Anneke hieß. Über das Aussehen durften die Kandidaten vor dem Blind Date nie sprechen. So lauteten die Regeln des Radiosenders.

Jan schaute auf die Uhr. Genau Drei. Wo blieb sie denn nur? Das Café war um diese Zeit ziemlich voll und er hatte gerade noch den letzten freien Tisch ergattern können. Er war überrascht, so viele junge Leute hier anzutreffen. Er hatte bisher Cafés immer für einen Treffpunkt Torten schaufelnder Rentner gehalten. Da an der Tür saß zum Beispiel ein hübsches Ding. Mit lustiger Stupsnase und dunklen Kulleraugen. Dazu ein wippender Pferdeschwanz. In Jeans und Holzfällerhemd. Ganz sportlich. Genau sein Typ. Ebenfalls allein. Ob sie wohl auf ihre beste Freundin wartete? Oder auf ihren Freund? Garantiert Letzteres. Bestimmt war solch ein süßes Girl längst vergeben.

Zwei Tische weiter saßen auch zwei Mädchen im passenden Alter. Die eine war extrem aufgetakelt mit superkurzem Mini und kiloweise Farbe im Gesicht, von der anderen konnte er nur den Oberkörper sehen. Und der sprach ihn nicht gerade an. Üppige Brüste in einen engen Body gequetscht. Tief ausgeschnitten. Jan mochte es nicht, wenn Mädchen, auch wenn sie so gut gebaut waren wie diese, ihre Reize so auffallend zur Schau stellten. Wo keine Geheimnisse waren, verflog der Zauber automatisch, fand Jan.

Bildete er es sich nur ein oder hatten ihn die beiden Grazien tatsächlich im Visier? Rasch schaute er weg. Und kurz darauf wieder hin. Aus den Augenwinkeln. Oh Nein, dachte er, sie hat ihre Freundin zur Verstärkung mitgebracht! Die mit dem Mini war die hübschere, also war die andere wohl seine Blind-Date-Kandidatin. Er seufzte. Sie gefiel ihm nämlich überhaupt nicht. Außer ihrem tiefen Ausschnitt fand er auch ihre blonde Dauerwellenfrisur nicht sonderlich hübsch. Und ihr Gesicht sah irgendwie langweilig aus. Fast ein wenig griesgrämig. Ob das wohl ihre Angst war? Nun gut, er würde das Ganze mit Anstand hinter sich bringen, doch innerlich verfluchte er Torsten, der ihn in diese unangenehme Situation überhaupt erst hinein-manövriert hatte

„Bist du Torsten?", riss Jan eine junge weibliche Stimme aus seinen Gedanken. Er blickte auf und sah in das fragende Gesicht mit den Kulleraugen. Die aus der Nähe noch viel riesiger wirkten, wie er fasziniert feststellte. „Nein, äh, doch!", stammelte Jan verwirrt und brauchte einen

Augenblick, um sich wieder im Griff zu haben. Er stand auf und reichte dem lustigen Pferdeschwanz die Hand. Mensch, war die zierlich! So klein und so dünn! „Dann bist du die Anneke, stimmt's!" Er lachte sie fröhlich an. Und seine gute Laune war echt.

„Ich muss dir gleich was erklären", begann Anneke, kaum dass sie Platz genommen hatte und die Bedienung nach ihrer Bestellung wieder verschwunden war. „Weil in einer Stunde ja schon die Leute vom Radio da sind und wir uns was überlegen müssen!"

Was erzählte die denn für ein wirres Zeug? Jan verstand nur Bahnhof.

„Ich möchte dir nämlich keine falschen Hoffnungen machen!", fuhr Anneke fort. „Nicht, dass du dich hinterher beschwerst, ich hätte dich nicht rechtzeitig aufgeklärt." Sie nestelte verlegen an ihrer Serviette herum und wirkte dabei ziemlich nervös.

„Ich bin schon längst aufgeklärt", versicherte Jan und meinte es wörtlich. Ein kleiner Witz konnte nie schaden. Und würde das verrückte Huhn vor ihm vielleicht etwas normalisieren.

„Wieso kannst du schon Bescheid wissen, wenn Anneke deine Telefonnummer überhaupt nicht hat?", entfuhr es der vermeintlichen Anneke überrascht. Erschrocken schlug sie sich die Hand vor den Mund. Mist! Jetzt hatte sie sich verraten! Ihre unüberlegte Äußerung hätte Jan möglicherweise noch überhört, aber bei ihrem auffälligen Verhalten stutzte er. Nur kurz. Bis der Groschen bei ihm gefallen war.

„Du bist gar nicht Anneke, sondern jemand anders, habe ich recht?", fragte Jan seine sympathische Tischgenossin, deren Gesichtsausdruck nun zwischen Erleichterung und Unbehagen hin und her pendelte. „Ich heiße in Wahrheit Emily", erklärte sie leise.

Als Jan sie fröhlich angrinste, atmete Emily befreit auf. Sie hatte nämlich riesige Angst davor gehabt, dass der betrogene Kandidat auf ihren Schwindel total sauer reagiert. Und das zu recht, wie Emily fand. „Du bist wirklich nicht böse?", fragte sie nach, weil sie sich vergewissern wollte, dass alles in Ordnung war. Der Junge machte einen so netten Eindruck auf sie, dass es ihr richtig leid tat, dass sie ihn belogen hatte. Wenn Anneke wüsste, welch charmanter Prinz ihr da entgangen ist! Was ist denn nur in ihn gefahren, wunderte sich Emily, als Jan in lautes Gelächter ausbrach und ihm vor lauter Lachen die Tränen über sein Gesicht liefen.

„Das ist zu komisch!", japste er und schnappte nach Luft. „Ich bin nämlich auch nicht der Torsten, sondern der Jan!" Und schon prustete er wieder los und hielt sich den Bauch vor Lachen. Umso mehr, als Emily ihn nun ihrerseits wie ein Auto anstarrte.

„Jan? Aber wieso?", stammelte sie verwirrt, weil sie jetzt diejenige war, die nur noch Bahnhof verstand.

„Mein Freund Torsten hatte Muffensausen bekommen und mich zu seiner Verabredung geschickt", klärte Jan die sichtlich verstörte Emily auf. Die daraufhin für einen kurzen Moment innehielt, überlegte und schließlich zufrieden lächelte.

„Und meine Freundin Anneke hatte plötzlich Angst vor ihrer eigenen Courage bekommen und mich gebeten, ihren Part zu übernehmen. Wegen der Leute vom Radio." Auf das Stichwort Radio hin schaute Jan rasch auf seine Armbanduhr. „Die in einer halben Stunde hier aufkreuzen werden", stellte er fest. „Und was erzählen wir denen nun?", wollte er von Emily wissen.

„Dass wir uns gut verstehen, vielleicht?", schlug diese zaghaft vor und wurde dabei rot. Ihr gefiel Jan und warum sollten sie die Gelegenheit nicht nutzen, sich ausgiebiger zu beschnuppern, wo sie schon beide den Kopf für ihre ängstlichen Freunde hingehalten haben? Vorausgesetzt, Jan wollte sie ebenfalls näher kennenlernen.

„Eine verdammt gute Idee!", meinte Jan und griff nach Emilys Hand. „Die werden total begeistert sein, wenn sich bei ihrer Kuppel-sendung tatsächlich mal Zwei gefunden haben!"

Wer von beiden nun tiefer in die Augen des anderen blickte, wird wohl nie mehr geklärt werden können ...

Der blonde Italiener

„Was ist denn mit dir passiert?", fragte Tanja verwundert ihre Freundin Jasmin. Die war gerade kurz in der Eisdiele verschwunden, um sich die lange Wartezeit in der Schlange am Straßenverkauf zu sparen, und brachte bei ihrem Wiederauftauchen neben einer dreikugeligen Milcheisbombe noch einen völlig entrückten Gesichtsausdruck mit.

„Wahnsinn!", seufzte Jasmin verzückt und rollte ihre hübschen grünen Augen gen Himmel. „Da drinnen steht der süßeste Junge, den ich je in meinem Leben gesehen habe! Der hat vielleicht ein Lächeln drauf, zum Dahinschmelzen!"

„Man sieht´s", grinste Tanja und deutete auf Jasmins Waffel, auf der sich das Schokoladeneis gerade zu einem braunen Rinnsal verdünnisierte. „Dein armes Eis hat es auch schon erwischt!" „Verdammt!", fluchte Jasmin, als sie die Bescherung sah. Hastig schleckte sie die Tropfen ab, bevor sie ihr auf das weiße T-Shirt plumpsen konnten und sie für den Rest des Tages wie eine Idiotin aussehen ließen. Allerdings waren ihre Bewegungen dabei so ruckartig und hastig, dass sich die oberste Kugel, die nicht eben fest auf dem Eisgipfel gethront hatte, den physikalischen Kräften, die da unvermittelt auf sie einwirkten, nicht standhalten konnte und mit einem lauten Schmatz auf das Straßenpflaster platschte.

„Oh, Mann, hey", schimpfte Jasmin weiter. „Warum passieren immer nur mir solche Missgeschicke? Dir ist doch noch nie ein Eis runtergefallen, in den ganzen 10 Jahren nicht!" 11 Jahre verbesserte Tanja im Stillen. Sie waren bereits seit 11 Jahren befreundet. Seit dem Kindergarten. Die beiden Freundinnen ergänzten sich auf ideale Weise. Hier die besonnene, eher ruhige Tanja, dort die wildere, extrovertierte Jasmin, die jede ihrer Aktionen zu einem unterhaltsamen Schauspiel machte und keine Minute ruhig sitzen bleiben konnte. Und der eben auch mal ein Eis runterfiel. „Hoffentlich ist dein schnuckeliger Eisverkäufer den Verlust deiner Pistazienkugel auch wert gewesen!", erinnerte sie Jasmin nun an den eigentlichen Grund ihres Missgeschicks. Auf dieses Stichwort reagierte Jasmin auf ihre typische, aufsehen-erregende Art.

„Er ist ein Traum!", schwärmte sie von dem unbekannten Jungen hinter der Theke, den sie gerade mal eine Minute erlebt hatte. „Du müsstest mal seine blauen Augen sehen! Jetzt versteh' ich auch den Spruch von wegen tiefer Seen und so. Was für ein Blau! So dunkel und so unergründlich! Der pure Wahnsinn! In diesen Augen versinkst du richtig!" Rasches Luftholen. „Schade, dass er mich nicht bedient hat, sondern nur sein langweiliger Kollege!" Ein herz-erweichendes tiefes Seufzen, kombiniert mit einem traurigen Dackelblick, beendete Jasmins Auftritt.

Tanja lachte und versetzte ihrer Freundin einen aufmunternden Rippenstoß. „So kenne ich dich ja gar nicht!", meinte sie aufmunternd. „Du hast doch bisher noch immer bekommen, was du wolltest! Bestimmt heckst du schon längst einen Plan aus, wie du dir diesen Traumtypen angeln kannst, stimmt´s?" – „Genau, ich werde mir hier ab heute jeden Tag ein Eis holen!", entgegnete Jasmin. „Und davon richtig fett werden!" Spitzbübisches Grinsen. „Na ja, wohl doch eine schlechte Idee!"

„Aber du würdest ihm garantiert auffallen!",
ging Tanja auf Jasmins Idee ein. „Ja, und zwar als
verfressene Tonne!", grinste Jasmin.

Plötzlich wurde ihre Miene ernst und der
Geistesblitz, der sie überkam, war ihr förmlich
anzusehen. „Ich hab`s", rief sie aus. „Ich werde
an der Volkshochschule Italienisch lernen und
ihn mit meinen Sprachkenntnissen erobern.
Genial! So klappt´s!"

„Ob sich diese Mühe wohl lohnt?", zweifelte
Tanja, die mittlerweile durch die offene Tür der
Eisdiele einen Blick auf Jasmins Objekt der
Begierde geworfen hatte. „Immerhin ist er blond,
vielleicht ist er ja gar kein Italiener?" Doch
Jasmin ließ ihre Zweifel nicht gelten, da sie in
ihren Augen unberechtigt waren. „Er heißt
Marco und hat mit der Frau, die er gerade
bedient hat, Italienisch gesprochen. Er ist
Italiener, eben ein blonder. Wie gesagt, etwas
Besonderes, mein Traumprinz!" „Scheint tatsäch-
lich so", gab Tanja widerwillig zu und schluckte
die letzte skeptische Bemerkung, die ihr eben
noch auf der Zunge gelegen hatte, um des lieben
Friedens willen lieber hinunter.

Jasmins Noch-nicht-aber-bald-Romanze erlebte Tanja in den nächsten Wochen hautnah mit. So begleitete sie ihre Freundin getreulich zur Anmeldung in die Volkshochschule, holte sie regelmäßig nach den Kursstunden ab und trug nicht unwesentlich zu ihrem Lernfortschritt bei, indem sie sich erbarmungslos Italienisch-vokabeln aufsagen ließ, wo immer sie sich auch gerade befanden. Was heißt Getränk, was bezahlen, was Kind, was Auto, was Obst, was ...?

Mit unendlicher Geduld ertrug sie den Umstand, dass in Jasmins MP3-Player nun Sprachkurse statt der gewohnten Balladen liefen, dass Jasmin bei ihren gemeinsamen Klön-Stunden nur ein einziges Thema kannte und dass sie mit ihr jeden zweiten Tag in die besagte Eisdiele zu schlappen hatte, damit sich Jasmins Anblick unauslöschlich in das Gedächtnis des blonden Italieners brennen konnte. Gerne versicherte sie Jasmin zehnmal vor deren Kurzgastspielen auf der Eisdielenbühne, dass sie einfach umwerfend aussehen würde, gelassen hörte sie sich die soundsovielte Wiederholung von Jasmins Schwärmereien und Schilderungen über den *wunderbaren* Marco an.

Und mit ehrlicher Anteilnahme tröstete sie die aufgelöste Jasmin bei den beiden Malen, als Marco in der Eisdiele nicht anzutreffen war und Jasmin ihren Märchenprinzen bereits in den Armen einer anderen Signorina wähnte. Aber nach sage und schreibe zehn derartig anstrengender Wochen hatte sogar die geduldige Tanja die Nase voll von Jasmins aufwändigen Vorbereitungen und drängte nun zur Tat.

„So, genug geprobt, jetzt reicht´s!", verkündete sie entschlossen. „Jetzt kommt dein entscheidender Auftritt!" Jasmin kapierte sofort. „Heute schon?!", rief sie entgeistert. „Ich kann nicht! Morgen, ich verspreche dir, morgen werde ich ihn ansprechen!"

Doch diesmal blieb Tanja hart. „Nix morgen. Heute!", widersprach sie energisch und schob eine sich heftig sträubende Jasmin Richtung Eisdieleneingang. „Du hattest heute die letzte Italienischstunde und bist fast perfekt, du siehst heute total süß aus und außerdem stand heute im Fische-Horoskop, dass heute eine bedeutende Veränderung in deinem Leben eintreten wird! Also ist heute dein großer Tag!" Das mit dem Horoskop stimmte zwar nicht, aber eine kleine

Flunkerei sollte in diesem Falle wohl erlaubt sein, dachte sich Tanja und gab Jasmin einen letzten aufmunternden Klaps. „Ich drück dir die Daumen!" Sprach´s, drehte sich um und verschwand. Und überließ erbarmungslos ihre verliebte Freundin ihrem ungewissen Schicksal.

Ein vielsagendes Zwinkern seines Kollegen Luca signalisierte Marco, dass das rothaarige Mädchen wieder da war, das sich während der letzten Wochen zu ihrer besten Kundin entwickelt hatte. Mit ihrer auffallenden roten Naturkrause und den grünen Katzenaugen war sie ihm sofort aufgefallen und sein Herz klopfte jedes Mal etwas heftiger, wenn sie an der Theke erschien und bei Luca ihr Eis bestellte. Immer bei Luca, nie bei ihm. Und das war auch der Grund dafür, dass Marco sie bisher noch nicht anzusprechen gewagt hatte. Weil er glaubte, sie käme wegen Luca und nicht wegen ihm. Ihn wunderte nur, dass sie dann nicht auf Lucas eindeutige Flirtversuche eingegangen war, als dieser vor drei Wochen sein Glück bei der unbekannten Schönen probiert hatte. Wahrscheinlich war sie zu schüchtern, vermutete er insgeheim.

Hey, heute steuerte sie nicht wie sonst direkt auf Luca, sondern auf ihn zu! Was hatte das bloß zu bedeuten?

„Buongiorno, io vorrei un gelato. Lampone, fragola e noce. Senza panna", brachte Jasmin in perfektem Italienisch mit kaum hörbarem Akzent hervor. Marco staunte nicht schlecht. Bereitwillig nahm Marco den Ball auf, den ihm seine spezielle Kundin mit ihrer italienischen Bestellung zugeworfen hatte. „Du kannst aber gut Italienisch!", lobte er. Komplimente kommen immer an, dachte er sich und legte gleich nach. „Fehlerfrei und fast kein Akzent! Man könnte beinahe meinen, du wärest Italienerin!" Er bemühte sich um sein strahlendstes Lächeln. „Obwohl es wirklich nur wenige rothaarige Italienerinnen gibt."

„Und blonde Italiener wohl auch!", gluckste Jasmin und prustete zu Marcos Verwunderung lauthals los. Der anschließende Lachanfall trieb ihr die Tränen in die Augen. Was zusammen mit ihrem fröhlichen Gesicht einen wahrlich bezaubernden Anblick bot. Marco war hin und weg. Deshalb suchte er fieberhaft nach einem besonders lässigen Spruch für diese verrückte Situation.

„Das beste Mittel dagegen sind zwei Kugeln Schokoladeneis auf Kosten des Hauses!" „Aber nur wenn das Haus mir sie morgen nach Dienstschluss bei der Konkurrenz spendiert!" „Gut!", entgegnete Marco und hoffte, seine Riesenfreude zumindest etwas verbergen zu können.

Vielleicht würde er sich morgen dann auch trauen, sie zu fragen, was denn an der rothaarigen Italienerin nur so verdammt komisch gewesen war.

Der Sahnekünstler

„Hey, dein Geschäft scheint aber mächtig zu florieren!", stellte Fabian mit einem Blick auf die beiden Prachtstücke von Torten fest, als er in die Küche hineinspazierte, wo seine Mutter gerade letzte Hand an die Verzierung legte.

Da sie ihren Service *Hennys Backträume* erst seit wenigen Wochen betrieb, freute sie sich nicht nur über die zahlreichen Aufträge, die sie inzwischen gehörig auf Trab hielten, sondern vor allem über die anerkennenden Worte ihres Ältesten. Umso mehr, als ihr Göttergatte und die beiden Sohnemänner ihrem Vorhaben am Anfang äußerst skeptisch gegenübergestanden waren und ihrer Geschäftsidee keine guten Chancen eingeräumt hatten. Doch zwei Tage nach der erfolgreichen Eröffnung mit großer Verlosung und einer gigantischen Kuchenschlacht trudelten die ersten Bestellungen ein, und sie kam durchschnittlich auf drei Bestellungen pro Tag, am Wochenende waren es natürlich mehr.

„Das sieht ja klasse aus!", lobte Fabian mit einem bewundernden Blick auf die beiden kunstvoll garnierten Festtagstorten, von denen die eine mit zartrosa und die andere mit hellgelb eingefärbten Sahnetupfen versehen war. Während das gelbe Modell seinen Schriftzug *Oma Auguste zum 75. Geburtstag* bereits erhalten hatte, wartete sein Kollege noch auf den entsprechenden Glückwunsch in rosa Sahne. „Darf ich?", fragte Fabian nun und schaute gierig auf den Becher mit dem rosa Sahnerest, der nicht mehr in den Spritzbeutel gepasst hatte.

„Altes Schleckermäulchen!", lachte seine Mutter und gab ihm nickend ihr Okay, während sie behutsam den Namen des Geburtstagskindes auf die Torte schrieb. In diesem Moment klingelte im Flur das Telefon. Fabian nahm den Anruf entgegen, kam aber sofort zurück, weil es sich um Kundschaft für seine Mutter handelte. Während sie noch die Bestellung aufnahm, läutete es abermals, nun an der Sprechanlage.

„Hallo?", meldete sich Fabian. „Ich möchte die Torte für Bergmanns abholen!", antwortete ihm eine junge Stimme, unverkennbar weiblich.

„Einen Moment, ich bringe sie runter", versprach er und legte auf. „Bergmanns wollen ihre Torte abholen", flüsterte er seiner Mutter im

Vorbeigehen zu, während er in die Küche eilte, wo er das Sahnekunstwerk in den eigens dafür vorgesehen Pappkarton packen wollte.

„Halt, die Zahl muss doch noch drauf!", warnte ihn seine Mutter, während sie mit der Hand die Sprechmuschel abdeckte, um das Gespräch mit ihrem Sohn vor unerwünschten Zuhörern zu schützen.

„Das kann ich doch schnell für dich machen", beruhigte Fabian sie, nahm die Spritztüte mit der Sahne in die Hand, warf einen flüchtigen Blick auf die handschriftlichen Notizen seiner Mutter und schrieb die schönste 60, die er konnte. Danach verstaute er die Torte vorsichtig in dem Karton und trug sie zur Haustür. Als er sie öffnete, wäre er beinahe mit dem jungen Mädchen zusammengestoßen, das ihn dort bereits ungeduldig erwartete.

Fabian hatte der Stimme nach eher ein Kind erwartet, doch vor ihm stand ein Teenager von vielleicht sechzehn Jahren. Und was für ein süßer Fratz! Er schaute in ein wunderhübsches Gesicht mit blitzenden hellblauen Augen und lustigen

Sommersprossen, das von störrischen blonden Locken umrahmt war.

„Nun aber her damit!", forderte ihn das kecke Goldköpfchen auf und griff nach der Torte. „Mein Bruder steht im Halteverbot und wird langsam nervös!"

„Aber aufpassen, wäre schade um das schöne Stück!", riet Fabian, weil er das Ende des Gesprächs mit diesem Traumwesen so lange wie möglich hinauszögern wollte.

„Für wie blöde hältst du mich eigentlich?", entgegnete die Unbekannte daraufhin leicht verärgert, wobei ihre Augen kleine Wutblitze abschossen. Bevor allerdings Fabian einen Spruch zur Wiedergutmachung sagen konnte, waren ihre verkniffenen Lippen bereits wieder einem breiten Grinsen gewichen. „Ich hoffe, du hast nicht auf Kosten unserer Torte genascht!", lachte ihn das Mädchen an, bevor sie sich unvermittelt umdrehte und Richtung Straße davonspazierte. Da er bei ihrer letzten Bemerkung nur Bahnhof verstanden hatte, blickte Fabian ihr mit verständnislosem Gesichtsausdruck nach.

„Danke, das war total lieb von dir", empfing ihn seine Mutter wenige Augenblicke später bei seiner Rückkehr. „Ich musste eine recht umfangreiche und komplizierte Bestellung aufnehmen, da hätte ich das Gespräch nur schlecht unterbrechen können, um die Torte fertig zu garnieren."

„Gern geschehen, ist doch wohl selbstverständlich!", wehrte Fabian ab, weil er kein besonderes Aufheben um sein Einspringen als Sahnekünstler machen wollte. Außerdem war er noch immer völlig beeindruckt von der Begegnung mit dem sympathischen Mädchen.

„Jetzt solltest du aber doch mal kurz im Bad vorbeischauen!", zwinkerte ihm seine Mutter verschmitzt zu.

„Wieso das denn?", wunderte sich Fabian, machte sich aber dennoch auf den Weg dorthin. Als er in dem Spiegel über dem Waschbecken sein Gesicht sah, wäre er vor Scham am liebsten im Boden versunken. Seine Schleckerei mit der übriggebliebenen rosa Sahne hatte in seinen Mundwinkeln und sogar auf der Nasenspitze deutliche Spuren hinterlassen. „Also deswegen dieser Kommentar", dämmerte es ihm und er ließ ein zerknirschtes Seufzen hören.

„Redest du mit mir?", erkundigte sich seine Mutter aus der Küche.

„Nein, ich hatte mich eben nur wegen meiner wunderschönen 60 selbst gelobt.", antwortete Fabian. „Ich glaube, ich habe während meiner gesamten Schulzeit keine so schöne Zahl geschrieben wie heute!"

„60!?!", erklang die Stimme seiner Mutter unnatürlich schrill und mit einem Male ziemlich nahe, und schon streckte sie ihr völlig entgeistertes Gesicht ins Badezimmer. „Bitte, sag nicht, dass du eine 60 auf die Torte geschrieben hast!" Blankes Entsetzen spiegelte sich in ihrer Miene wider.

„Natürlich, stand ja so auf dem Zettel", entgegnete Fabian verwundert.

„Mensch, das war eine 50, kannst du nicht lesen. Eine 50 und keine 60!" Fabians Mutter schlug sich mit der flachen Hand an die Stirn und stöhnte. „Mein Gott, ich darf gar nicht daran denken!", jammerte sie. „Die Frau vom Bürgermeister aus Birkenfeld bekommt zu ihrem 50. Geburtstag eine Torte mit einer 60! Das war's wohl mit der Kundschaft aus dem Nachbardorf!" Anschließend schlich sie niedergeschlagen in die Küche, wo sie total entmutigt auf einen Stuhl sank.

Fabian ging der Anblick seiner unglücklichen Mutter regelrecht an die Nieren und er wollte seine Scharte umgehend wieder auswetzen. Aber wie? Plötzlich kam ihm die rettende Idee. „Ich werde jetzt einfach zu den Bergmanns fahren und den Schaden beheben!", kündigte er an und griff nach seinen Autoschlüsseln, die er vorhin auf die Anrichte gelegt hatte. „Und wie willst du das, wenn ich fragen darf, hinkriegen?", zweifelte seine Mutter am Vorhaben des unfreiwilligen Übeltäters. „Ich nehme die Sahne mit und mache aus der bösen 60 eine strahlende 50!", erklärte Fabian. „Darf ich dich daran erinnern, dass du den Rest der rosa Sahne verputzt hast, ich keine Sahne und Kirschsaft zum Einfärben im Hause habe und die Geschäfte bereits geschlossen sind?", wandte seine Mutter ein. „Pah, dann nehmen wir eben die gelbe, basta", meinte Fabian ungerührt, griff nach dem notwendigen Zubehör und verschwand.

„Ach nee, du schon wieder, ganz schön hartnäckig, der Knabe!" Auf sein heftiges Klingeln hin wurde Fabian, wie insgeheim von ihm erhofft, die Tür von dem netten Blondschopf geöffnet, der ihn nun mit einem amüsierten Lächeln bedachte.

„Ich komme wegen der Torte". Fabian trat ungeduldig von einem Fuß auf den anderen.

„Das habe ich mir fast gedacht." Dem Lächeln folgte ein fragendes Stirnrunzeln.

„Ich muss was ausbessern, vorausgesetzt, ihr habt sie noch nicht angeschnitten."

„Ist das endlich die Gärtnerei mit dem Blumenschmuck, Felicitas?", ertönte ein brummiger Männerbass aus dem Wohnungsinneren.

„Nein, Papa, für mich!", antwortete Felicitas und zog Fabian am Ärmel ins Haus. „Hier geht's lang", dirigierte sie ihn in die Küche, wo auf dem

Tisch die vertraute Pappschachtel stand. Felicitas schaute Fabian interessiert zu, wie er den Deckel abnahm, mit einem Messer vorsichtig die rosa Sahne-Sechs entfernte und durch eine gelbe Fünf ersetzte. „Besonders toll sieht das aber nicht aus, die ganze Schrift ist rosa und nur die Fünf in Gelb, also ich weiß nicht!" Felicitas verzog missbilligend das Gesicht. „Dafür müssten wir eigentlich ein paar Euro Ermäßigung bekommen!"

„Hast du vielleicht einen besseren Vorschlag?", erwiderte Fabian unwirsch, der über das Ergebnis seiner Bemühungen ebenfalls nicht sonderlich glücklich war.

„Die Pfuscherei würde lange nicht so stark auffallen, wenn noch mehr gelbe Verzierungen dabei wären.", meinte Felicitas.

„Sahne ist noch genug da, nur welches Motiv?" Fabian wartete auf einen Geistesblitz seiner Kundschaft. Felicitas dachte angestrengt nach. „Ich hab's!", rief sie plötzlich. „Meine Mutter liebt Musik und Klavierspielen ist ihr Lieblingshobby. Wie wäre es mit einem Notenschlüssel? Kriegst du einen hin?"

Fabian lachte. Ob er einen Notenschlüssel zeichnen kann? Er, der seit seinem achten Lebensjahr Gitarre spielte? „Eine meiner leichtesten Übungen", behauptete er und legte los.

Am nächsten Tag läutete es bei den Schneiders während des Mittagessens an der Haustür, und ein Blumenbote gab eine einzelne riesige Sonnenblume mit einer Grußkarte für die Dame des Hauses ab. Neugierig entnahm Fabians Mutter dem passenden sonnengelben Umschlag einen Papierbogen der gleichen fröhlichen Farbe und las den Text ihren mindestens genauso gespannten Männern laut vor: „Hennys Backträume erfüllen selbst die geheimsten Träume! Vielen Dank für die originelle Verzierung, mit der Sie mitten ins Schwarze getroffen haben! Wir haben Sie allen unseren Gästen weiter empfohlen. Ihr begeisterter Roland Bergmann." Die Hochgelobte strahlte glücklich in die Runde ihrer Lieben.

„So viel Getue wegen einem bisschen Sahne!", knurrte Vater und schüttelte verständnislos seinen Kopf. Fabian wechselte mit seiner Mutter einen bedeutungsvollen Blick, bevor sie beide in schallendes Gelächter ausbrachen. Und Fabian hoffte, dass er nicht nur bei Frau Bergmann ins Schwarze getroffen hatte.

Tierische Frühlingsgefühle

„Es ist wirklich zu ärgerlich, dass ich bei diesem herrlichen Wetter nicht mitkommen kann!", bedauerte Frau Huber und winkte ein letztes Mal von ihrem Fensterplatz aus herunter. „Viel Spaß euch beiden!"

„Danke, den werden wir sicher haben!", erschallte Lisas Antwort von unten. „Nicht wahr, Theo?"

Theos Bestätigung bestand in eifrigem Schwanzwedeln, lautem Gebell und energischem Ziehen an seiner Leine. Theo war nämlich ein Irish Setter, der über einen schier unglaublichen Bewegungsdrang verfügte und jetzt, nach zwei Tagen unfreiwilligen Hausarrests, vor Ungeduld zu explodieren schien.

„Ja, ja, mein Guter!", lachte Lisa über die ungestüme Ungeduld ihres vierbeinigen Freundes. „Es geht ja schon los!"

Lisa und Theo waren gute alte Bekannte, denn die 15-jährige Schülerin führte den Hund bereits seit etwas mehr als einem Jahr zweimal wöchentlich aus.

Einerseits, um die alte Frau Huber zu entlasten, die mit ihren 82 Jahren auch nicht mehr die Jüngste und Theos Wildheit und Riesenkräften immer weniger gewachsen war. Manchmal fragte sie sich bei den gemeinsamen Spaziergängen mit ihrem Liebling schon, ob nun sie den Hund spazieren führte oder umgekehrt. Daher war sie für Lisas Unterstützung mehr als dankbar und revanchierte sich bei ihrer jugendlichen Helferin regelmäßig mit selbstgebackenen Leckereien und dem einen oder anderen Geldschein, über den Lisa zunächst immer erst schimpfte, ihn dann aber doch einsteckte.

Lisa wiederum war eine alte Tiernärrin, durfte zu Hause jedoch kein eigenes Haustier halten. So war sie mehr als erfreut darüber, dass aus der zufälligen Begegnung mit der alten Dame im Stadtpark diese Freundschaft und Zweckgemeinschaft zugleich entstanden war.

„Hey, Theo, nicht so stürmisch!", schimpfte Lisa, die beinahe umgerissen worden war, als Theo in Sichtweite der Grünanlagen vor lauter

Begeisterung und Vorfreude plötzlich einen Zahn zugelegt hatte und unvermutet losgestürmt war. Obwohl Theo nur gut 30 Kilo wog und Lisa gewichtsmäßig deutlich unterlegen war, musste sie wegen seines ungestümen Temperaments und möglicher überraschender Aktionen trotzdem höllisch aufpassen, was ihr Schützling gerade im Visier hatte oder wohl als Nächstes tun würde.

„Lisa, huhu!", ertönte es von der Seite, kaum dass Lisa das schmiedeeiserne Parktor passiert hatte. Als sie sich daraufhin suchend in die Richtung wandte, aus der der Ruf gekommen war, erblickte sie Gesa und Natalie, zwei Mädchen aus ihrer Klasse. Eigentlich war sie gar nicht so dicke mit ihnen befreundet und so wunderte sie sich ein wenig darüber, dass die beiden sie über 50 Meter Luftlinie hinweg angesprochen hatten.

„Ist das dein Hund?", erkundigte sich Gesa, als sie zu ihr aufgeschlossen hatten.

„Nein, Theo gehört einer alten Frau", entgegnete Lisa und tätschelte Theo liebevoll am Hals. „Ich führe ihn nur regelmäßig aus, nicht wahr, Dicker?"

Ungeachtet der gerade abbekommenen Beleidigung gab der Angesprochene ein kurzes, zustimmendes Bellen von sich. Um anschließend neugierig Natalies Beine zu beschnuppern und zu umkreisen.

„Geh weg", wehrte diese den aufdringlichen Verehrer ab, der ihr wegen seiner direkten und unberechenbaren Art nicht ganz geheuer war. Und prompt sprang Theo an ihr hoch und wollte ihr das Gesicht ablecken. Natalie quiekte entsetzt, Gesa lachte und Lisa kam ihrer Frauchen-Pflicht nach Zurechtweisung nach.

„Theo, Platz!", befahl Lisa, worauf Theo sich sofort brav neben sie hinsetzte.

„Wow, den hast du aber gut im Griff!", meinte Gesa anerkennend.

„Nun ja, anders geht es eben auch nicht!", meinte Lisa, erfreut über Gesas Lob. „Schließlich sollen die anderen Passanten vor dem wilden Theo keine Angst haben müssen!" Anschließend ging sie in die Hocke, um sich den rechten Schuh zu binden.

Als ob er nur auf diese Unaufmerksamkeit seiner Aufpasserin gewartet hätte, nutzte Theo die günstige Gelegenheit und flitzte los. Die Wucht des davonstürmenden rot-braunen Fellblitzes riss Lisa auf der Stelle um, wobei sie die Leine aus der Hand verlor. Und Theo war weg.

Ein spitzer Schrei, ein ungläubiger Blick, mühsames Aufrappeln. Zwei zu Salzsäulen erstarrte Mädchen schauten fasziniert der im atemberaubenden Tempo spurtenden Lisa nach, die verzweifelt versuchte, den entflohenen Übeltäter zu stellen. Kaum zwanzig Sekunden später war das rasende Paar aus ihrem Blickfeld entschwunden.

„Hau ab, du blöder Kerl!", schimpfte wütend ein blonder Schlaks und versuchte vergeblich, den liebestollen Theo von seiner anmutigen Collie-Hündin zu vertreiben. „Zieh endlich Leine! Mach schon!"

Lisa bremste ihren Lauf ab, schnappte nach Luft und näherte sich langsam dem lebhaften

Szenario, das sich da vor ihren Augen abspielte. Theo balzte mit tollpatschigem Charme die paarungsbereite Hündin an, die nur zu gerne ihren Möchtegern-Casanova erhört hätte, wenn nicht ihr Herrchen unter Aufbietung all seiner Kraft ein Zusammenkommen der vierbeinigen Turteltauben verhindert hätte.

„Wo ist denn nur dein blödes Herrchen?", giftete der Schlaks den armen Theo an. „Oder ist es ein Frauchen? Na klar, bestimmt ist es ein Frauchen, wer sonst wäre denn so blöd, einen Rüden auf läufige Hündinnen loszulassen!"

„Theo, komm sofort her!", schaltete sich Lisa ein. Aber ihr Schützling verweigerte in seinem Rausch den Gehorsam und kehrte erst wieder auf den harten Boden der Realität zurück, als er unsanft an seinem Halsband gepackt und unbarmherzig weggezerrt wurde.

„Na endlich!", knurrte der Schlaks. „Wurde aber auch höchste Zeit!"

„Tut mir wirklich leid!", entschuldigte sich Lisa zerknirscht. „Er ist mir abgehauen, als ich mir die Schuhe gebunden habe!"

„Schon gut", lenkte der Schlaks ein, bereits wesentlich freundlicher gestimmt, was, wie Lisa nicht ahnen konnte, damit zusammenhing, dass es sich bei Theos Frauchen um ein äußerst ansehnliches Exemplar handelte.

„Jetzt können wir nur hoffen, dass nichts passiert ist!", grinste Miss Collies Herrchen Lisa an.

„Oh nein!", rief Lisa erschrocken, „Theo hat doch nicht...?" Aus Peinlichkeit über das pikante Thema führte sie den Satz nicht zu Ende.

„Das werden wir spätestens in einigen Wochen wissen!", lachte der Schlaks. Lisa fand die Situation weit weniger komisch und sah sich bereits mit einer Horde Collie-Setter-Mischlingen beglückt, für die sie die Verantwortung zu übernehmen hatte.

„Am besten du gibst mir deine Telefonnummer, dann kann ich dir Bescheid geben", bot der Schlaks nun an und stellte sich als Piet vor.

„Gut." Lisa nannte ihm ihre Nummer, bevor sie sich mit Theo auf den Nachhauseweg machte. Frau Huber würde sie nichts von dem peinlichen

Zwischenfall erzählen, nahm sie sich vor. Der Ärger würde, wenn überhaupt, noch früh genug kommen.

„Zehn Tage lasse ich sie zappeln", dachte sich Piet währenddessen, „dann rufe ich sie an und gebe Entwarnung." Denn er wusste bereits jetzt, dass es keinen Hundenachwuchs geben würde, wollte aber die unerwartete Gelegenheit, ein sympathisches und überaus hübsches Mädchen wiederzusehen, nicht einfach so ungenutzt an sich vorbeiziehen lassen.

„Zehn Tage", murmelte er, „und unsere Erleichterung über den glücklichen Ausgang feiern wir bei meinem Lieblingsitaliener!"

Fröhlich und zufrieden vor sich hin pfeifend trottete Piet mit seiner enttäuschten Hundedame Senta an der Seite nach Hause.

Im Partnerlook

„Ich kann nicht mehr!", seufzte Anke und ließ sich erschöpft auf die nächstbeste Sitzgelegenheit plumpsen.

Sie befand sich zusammen mit Anna, ihrer besten Freundin, auf Schnäppchenjagd im Winter-Sale. Die riesige Begeisterung, mit der sich die beiden Mädchen anfangs ins hektische Getümmel gestürzt hatten, war inzwischen einer nicht minder großen Müdigkeit gewichen. Kein Wunder, denn schließlich waren sie mittlerweile seit mehr als drei Stunden pausenlos durch die Geschäfte gehetzt und hatten dabei die eine oder andere beeindruckende Beute erlegt. Und jetzt waren sie am Ende ihrer Kräfte, sodass an eine Fortsetzung ihres Kaufmarathons nicht zu denken war, es sei denn nach einer entsprechenden Stärkung in Form einer Pause mit Imbiss. Anke war sogar dermaßen ermattet, dass sie sich einfach auf das Podest neben ihr mitten in die kunstvoll drapierten Seidenblusen gesetzt hatte.

„Steh wieder auf!", drängelte Anna und blickte sich ängstlich um, weil sie keinen Ärger mit einer erbosten Verkäuferin haben wollte. Und den würden sie garantiert kriegen, wenn Anke weiterhin die teuren Seidenträume mit ihrem frechen Hinterteil in eine Knitterlandschaft verwandeln würde. Die eine Verkäuferin da hinten warf ihnen bereits einen bösen Blick zu und setzte sich auch schon in Bewegung. In Marschrichtung der noch ahnungslosen Übeltäterin Anke.

„Nur noch in die Sportabteilung, dann ist Schluss, okay?" Ohne Ankes Antwort erst abzuwarten, zerrte Anna ihre Freundin ungeduldig am Ärmel hoch und verschwand mit ihr möglichst schnell Richtung Rolltreppe. Glück gehabt, die Furie war abgehängt!

„Wow, da gibt es voll die coolen Mützen!", rief Anke wenige Minuten später am Wühltisch mit der reduzierten Wintersportware aus und kehrte seinen Inhalt systematisch von unten nach oben, auf der Suche nach dem ultimativ lässigen Teil. Plötzlich waren die bisherigen Strapazen ebenso vergessen wie die Sehnsucht nach einer längeren Pause in einem gemütlichen Café. Das verlockende Angebot hatte Ankes Lebensgeister ebenso wieder wecken können wie ihren

Jagdinstinkt, und Anna erging es angesichts der bunten Pracht vor ihnen nicht anders.

„Schau dir mal dieses Teil an, das ist genau die Mütze, von der ich dir erzählt habe! Ich bin ein Glückspilz!", jubelte Anna und hielt Anke dabei eine quietschbunt geringelte Zipfelmütze unter die Nase, die wie selbst gestrickt aussah. Anna hatte diese Mütze schon vor Wochen entdeckt und ihr Herz an dieses verrückte Stück verloren, es jedoch nicht gekauft, weil ihr damals der Preis von 39 Euro doch zu hoch gewesen war. Aber jetzt, für nur noch 15 Euro, gab es keine Diskussion mehr, sie musste die Mütze unbedingt haben!

„Also, mir wäre sie zu schrill und einen Tick zu lang!", meinte Anke skeptisch, nachdem sie das gute Stück einer kritischen Prüfung unterzogen hatte.

Anna lachte über diese treffende Beschreibung. Die Mütze war wirklich ziemlich lang, denn sie reichte ihr aufgesetzt noch bis in die Taille, und ihre Regenbogenfarben konnte man sicherlich nicht als zurückhaltend bezeichnen. Aber was soll's? Ihr gefiel sie nun mal und sie wollte sie haben. Nicht um jeden Preis, aber um den ermäßigten auf jeden Fall!

„Muss das sein?", stöhnte Anke und blickte gequält zu Anna neben sich, die das neue Stück noch im Laden aufgesetzt und zu Ankes Leidwesen aufbehalten hatte und nun stolz wie eine Trophäe spazieren trug. Anke fand es nicht besonders komisch, dass Annas auffällige Kopfbedeckung die Aufmerksamkeit vieler Passanten auf die beiden Mädchen lockte und nicht wenige belustigt grinsen ließ.

„Stell dich doch nicht so an!", entgegnete Anna ungerührt und versetzte ihrer Freundin einen liebevollen Schubs in die Seite, bevor sie sich fröhlich bei ihr unterhakte. „Gleich bist du ja erlöst, nur noch wenige Meter bis zum rettenden Hafen!"

Der rettende Hafen war das Café Bauer, wo sich die beiden Mädchen in der kommenden Stunde über vier heiße Kakaos, zwei Stück Sachertorte, einen Apfelstrudel und eine Nussecke hermachten.

Was glotzte der Typ da drüben sie nur so blöde an? Hatte sie vielleicht einen Tupfen Sahne auf der Nase? Ein prüfender Blick in das nächste Schaufenster sagte Anna, dass dem nicht so war.

Sie befand sich nach dem anstrengenden, aber auch erfolgreichen und unterhaltsamen Nachmittag mit Anke auf dem Nachhauseweg, die bunte Zipfelmütze auf dem Kopf, in jeder Hand eine Einkaufstüte. Rechts eine neue Skihose, links ein braunes Paar Winterstiefel. Ihre schwarzen hatte sie an.

Mensch, der Kerl lief ihr ja nach, stellte Anna erschrocken fest. Was wollte der bloß von ihr? Eigentlich sah er ja recht sympathisch aus, doch die Tatsache, dass er sie verfolgte, kehrte diesen ersten angenehmen Eindruck ins Gegenteil um. Nervös wechselte Anna auf die andere Straßenseite. Verdammt, der Typ setzte ebenfalls über! Als Anna daraufhin ihren Schritt beschleunigte, konnte sie allerdings den Abstand zwischen sich und ihrem unliebsamen Verfolger nicht vergrößern, denn dieser legte auch einen Zahn zu und nicht nur das, er zog sein Tempo dermaßen an, dass er ihr sogar Stück für Stück näher kam. Unaufhaltsam. Es war nur mehr eine

Frage der Zeit, wann er sie endgültig eingeholt haben würde.

Langsam wurde es Anna mulmig zumute. Beunruhigt blickte sie die Straße entlang, auf der Suche nach einer Fluchtmöglichkeit oder einer Person, die ihr helfen könnte. Endlich, da vorne konnte Anna eine Frau mit einem Hund erkennen, die würde sie einfach ansprechen! Oh nein! Da hielt ein Auto neben ihr und sie stieg ein! Verzweifelt musste Anna nun erkennen, dass sie völlig auf sich alleine gestellt war, und die Schritte hinter ihr kamen immer näher!

Völlig entnervt drehte sie sich um und blickte ihrem verdutzten Verfolger zornig ins Gesicht. „Was soll der Scheiß? Warum rennst du mir schon die ganze Zeit nach?"

„Entschuldigung, ich wollte dich wirklich nicht erschrecken!", bedauerte der etwa gleichaltrige Junge. Seine zerknirschte Miene überzeugte Anna, dass er es ehrlich meinte.

„Aber warum, um Himmels willen, läufst du mir nach? Das tust du doch, oder?", hakte Anna nach, bereits deutlich weniger wütend. Was unter anderem daran lag, dass der Typ vor ihr unglaublich schöne braune Augen hatte und auch sonst nicht übel aussah. Wer weiß, wenn sie sich unter anderen Umständen begegnet wären ...

„Es ist, weil ...", der Junge stockte und kaute ebenso verlegen wie unschlüssig auf seiner Unterlippe herum, gerade so, als ob er sich nicht trauen würde mit dem, was ihm auf der Zunge brannte, herauszurücken. Plötzlich holte er tief Luft und stieß hastig hervor: „Ich glaube, du hast meine Mütze!"

„Ich habe was?!?", rief Anna entgeistert aus.

„Meine Mütze. Du hast meine Mütze auf. Meine Ex-Freundin hat sie mir gestrickt, aber ich habe sie vor einigen Tagen im Bus liegen lassen. Anscheinend hast du sie gefunden." Es folgte eine unangenehme Pause, bevor er drucksend seine in Annas Augen unglaubliche Forderung herausbrachte: „Jetzt kannst du sie mir ja wiedergeben. Ist ja nicht schlimm, dass du sie nicht im Fundbüro abgegeben hast!" Da er selbst seine letzte Bemerkung überaus großzügig fand, wunderte er sich über den folgenden Wutausbruch der vermeintlichen Täterin.

„Du spinnst ja!", fauchte Anna erbost und schlug seine ausgestreckte Hand rüde beiseite. „Die habe ich vor zwei Stunden gekauft, hier ist der Kassenzettel!" Triumphierend hielt sie dem unverschämten Typen den Beleg unter die Nase.

„Ich hätte schwören können, dass es meine ist, sie sieht ganz genauso aus, tut mir leid!", entschuldigte sich der Junge kleinlaut bei Anna für seine ungerechtfertigte Unterstellung.

„Wahrscheinlich hat deine Freundin die Mütze im gleichen Laden gekauft und für selbst gestrickt ausgegeben, weil sie dir imponieren wollte", vermutete Anna.

„Meine Ex", verbesserte er. „Zuzutrauen wäre es ihr ja!"

„Hast du schon mal bei dem Busunternehmen nachgefragt?", erkundigte sich Anna. „Wenn nicht, zwei Straßen weiter ist die Vertretung, ein Versuch wäre es auf jeden Fall wert."

„Kommst du mit?" Ein bittender Blick, dem Anna nur allzu gerne nachkam.

„Klar, das interessiert mich jetzt schon, ob du dort fündig wirst."

„Wir müssen ein Bild für die Götter abgeben, so im Partnerlook!", lachte Anna zehn Minuten später, nachdem Luis, wie sie inzwischen wusste, mit seiner Mütze auf dem Kopf aus dem Gebäude des Busunternehmens kam.

„Also, rein äußerlich geben wir schon mal ein tolles Paar ab!", entgegnete Luis und lief zu Annas Entzücken rot an.

„Und der Rest lässt sich ja noch herausfinden, nicht wahr?", erwiderte Anna mutig und wurde umgehend für ihren Mut belohnt.

„Womit wir so bald wie möglich anfangen sollten!", meinte Luis. „Hast du am Freitagabend schon was vor?"

Das Tennistalent

„Haben wir etwa einen neuen Tennistrainer, Frau Schneider?", erkundigte sich Maike bei ihrer Doppelpartnerin.

Die beiden standen am Zaun und schauten den Junioren bei ihrem Verbandsspiel gegen den Nachbarverein zu. Maike, um ihren jüngeren Bruder Arne anzufeuern, während Frau Schneider ihrem Sohn Florian die Daumen drückte. Als Maike beim Seitenwechsel den Blick über die Anlage hatte schweifen lassen, war ihr auf Platz 4 ein gut aussehender junger Mann aufgefallen, der die Bambini, die Jüngsten des Vereins, spielerisch an den weißen Sport heranzuführen versuchte.

„Du meinst den bei unseren Zwergen dort drüben, stimmt´s?", fragte Frau Schneider und fuhr fort, ohne eine Bestätigung von Maike abzuwarten. „Das ist Simon Baumann, der Neffe unseres Vorstands. Er verdient sich hier ein paar Mark extra für sein Informatikstudium dazu."

„Gibt er auch Einzelstunden?", wollte Maike wissen, denn sie hatte da eine Idee, wie sie den verdammt attraktiven Burschen näher kennenlernen könnte. „Ja, allerdings nur die Anfänger", entgegnete Frau Schneider. „Die Fortgeschrittenen will Eddi schon selbst behalten. Schließlich soll er ihn ja nur entlasten, aber nicht um sein Einkommen bringen!" Eddi war der langjährige Vollzeittrainer des Clubs. Schade, dachte Maike für sich und an einer Einzelstunde bei dem Mittfünfziger Eddi war sie aus verständlichen Gründen kein bisschen interessiert.

„Du bist ja verrückt!", meinte ihre Freundin Anni, als ihr Maike am nächsten Tag erklärte, sie wolle sich für den Anfängerunterricht bei dem „süßesten Trainer der Welt" anmelden. „Das wird der doch sofort merken, dass du schon längst eine hervorragende Tennisspielerin bist!". Das stimmte. Maike hatte bereits mit acht Jahren mit dem Tennis angefangen und war jetzt, im Alter von 17, eine erfahrene Stammspielerin der ersten Damenmannschaft.

„Pah! Wie sollte er?", wischte Maike Annis Bedenken beiseite. „Er kennt mich ja nicht und ich werde für Montagnachmittag buchen, da ist auf der Anlage sowieso nichts los." „Das funktioniert nie!", prophezeite Anni.

Und sie sollte recht behalten, auch wenn zunächst alles nach Maikes Plan zu verlaufen schien.

„Hallo, ich bin die Maike und möchte von dir in das Geheimnis der gelben Filzkugel eingeführt werden!", stellte sich Maike am folgenden Montag bei ihrem ahnungslosen Trainer vor. Um einen möglichst bleibenden Eindruck auf das Objekt ihrer Begierde zu machen, hatte sie heute sogar das hautenge Tenniskleid angezogen, das sie sonst eher mied, weil es keine Tasche für Bälle hatte und man an ihm auch keine spezielle Ballklammer befestigen konnte. Aber heute war ein besonderer Tag und sie wollte besonders verführerisch aussehen. Was sie in dem engen Kleid auch tat, wie ihr das eigene Spiegelbild in der Umkleidekabine bestätigt hatte. Darum das Kleid und der komplizierte Französische Zopf anstelle des gewohnten Pferdeschwanzes. Darum die neuen Bommelsöckchen und die farblich passenden Schweißbänder. Und nicht zuletzt ein Hauch ihres Sommerduftes. „Hallo, ich heiße Simon." Ein kurzer Händedruck, nach

Maikes Empfinden viel zu kurz. „Dann wollen wir mal loslegen. Als erstes zeige ich dir den richtigen Griff."

Heike packte ihren Schläger aus und hielt ihn so falsch wie möglich fest. „Für einen Anfängerschläger sehen Griffband und Rahmen aber schon ziemlich ramponiert aus!", meinte Simon. Maike erschrak. Mist! Daran hatte sie überhaupt nicht gedacht. Doch Simon tat ihr den Gefallen und lieferte ihr unbeabsichtigt die passende Erklärung. „Hast du den geliehen oder gebraucht gekauft?" „Geliehen", stieß Maike eine Spur zu hastig hervor. „Von einer Bekannten."

Während der nächsten halben Stunde zeigte ihr Simon Vor- und Rückhandgriff sowie die entsprechende Schlagbewegung und spielte Maike, die an der T-Linie stand, die Bälle zu, die sie dann über das Netz zurückspielen sollte. Um überzeugend zu wirken schoss Heike die Filzkugeln entweder weit aus dem Feld hinaus oder versenkte sie im Netz. Langsam begann sie unruhig zu werden, denn ihre Taktik schien nicht aufgehen zu wollen.

„Ich glaube, so wird das nichts", unterbrach Simon dann endlich ihr jämmerliches Gebolze und kam auf Maikes Seite. „Das muss ich dir nochmals ausführlich zeigen."

Na endlich, jubelte Maike leise, hat ja lange genug gedauert. Sie wusste, was jetzt kommen würde, schließlich war es ja auch genau das, was sie haben wollte. „Wir machen das jetzt gemeinsam.", kündigte Simon zu Maikes Begeisterung an. „Schön langsam und so lange, bis dir die Schlagbewegungen in Fleisch und Blut übergegangen sind." Sprach´s, stellte sich hinter Maike und legte seine Hand auf ihre, um gemeinsam die richtige Schlagbewegung auszuüben. Der enge Körperkontakt gefiel Maike so gut, dass sie sich noch ungeschickter als bisher anstellte, sodass sich Simon schon zu fragen begann, womit er so eine unbegabte Schülerin verdient hatte. Andererseits würde das viele, viele Trainerstunden bedeuten, was gar nicht mal so schlecht wäre. Erstens würde das Geld in seine ständig leere Kasse bringen und zweitens würde er sie regelmäßig wiedersehen. Denn eines musste er Maike bei all ihrem mangelnden

Talent lassen: Sie war ein verdammt hübsches Mädchen!

„Ich habe übrigens gestern dein Tennismäuschen gesehen!", verkündete Karsten seinem Kumpel Simon, als er ihn zur Vorlesung abholte. „Wie eine Anfängerin spielt sie ja nicht gerade!" Nach Simons überaus begeisterter Beschreibung seiner neuesten Schülerin hatte er es sich nicht verkneifen können, ihn das nächste Mal von der Trainerstunde abzuholen, um die junge Dame in Augenschein nehmen zu können. Und er musste Simon recht geben, das Mädel war wirklich ein auffallend hübsches Ding. Umso erstaunter war er dann, als er gestern Maike in einem feurigen Einzel über den Platz düsen und gekonnt auf die Bälle dreschen sah. „Wie meinst du das?", wollte Simon   wissen.
„Nun ich habe deine Maike gestern mit Frau Schneider spielen sehen und ich muss sagen, sie hat schon eine tolle Rückhand drauf." Karstens Anerkennung war echt.

„Maike?!?", widersprach Simon heftig. „Maike hat mit der Rückhand bisher drei Bälle über das Netz gebracht. Höchstens!" „Aber gestern hat sie die Kugeln wie eine Ballmaschine gespielt."

Karsten fragte sich inzwischen, ob es tatsächlich so eine gute Idee gewesen war, Simon von seiner interessanten Beobachtung zu erzählen. Darum versuchte er nun einzulenken. „Kann aber auch sein, dass ich sie mit einem anderen Mädchen verwechselt habe." Simon schwieg. Er kaufte Karsten den letzten Satz nicht ab. Maike war einfach unverwechselbar. Wenn er sie als talentierte Spielerin gesehen hatte, dann hatte er es auch. Warum spielte sie dann vor ihm die Anfängerin?

Plötzlich ging ihm ein Licht auf. Und nur einen Augenblick später hatte er eine super Idee, wie er Maike die nächste Lektion erteilen würde ...

„So, heute machen wir Grundlagentraining!", kündigte Simon zu Beginn der nächsten Stunde an. „Grundlagentraining?", fragte Maike verwundert, die sich bereits auf die bevorstehende *enge Zusammenarbeit* mit Simon bei der Rückhand gefreut hatte. „Was soll denn das sein?" „Das wirst du gleich sehen", entgegnete Simon und beglückte Maike mit dem strahlendsten Lächeln, das er aufbieten konnte.

Dass sein Lächeln eindeutig der genugtuenden bzw. schadenfrohen und weniger der anbalzenden Art zuzurechnen war, erkannte Maike während der nächsten Minuten, als sie Simon in einem extremen Konditionstraining erbarmungslos über den Platz scheuchte. Nach einer endlos erscheinenden viertel Stunde siegte Maikes Erschöpfung über ihren Stolz und sie wankte keuchend zum Netz. „Was soll der Blödsinn?", schimpfte sie verärgert. „Mit Tennis hat diese elende Schinderei ja wohl kaum was zu tun, oder?" „Natürlich!", erwiderte Simon mit Unschuldsmiene. „Je besser man die Technik beherrscht, umso wichtiger ist die Kondition!"

„Aber ich bin doch Anfängerin!", empörte sich Maike. „Da kannst du doch nicht ..." Sie brach ab, als sie Simons erhobenen Zeigefinger und sein Nicken Richtung Zaun sah, wo sie zu ihrem Entsetzen einen grinsenden Karsten stehen sah und in ihn jenen jungen Mann wiedererkannte, der bei ihrem Match mit Frau Schneider fast eine halbe Stunde lang zugesehen hatte.

Oh nein, Simon hatte ihr Spiel durchschaut! Am liebsten wäre Maike jetzt in der Versenkung verschwunden, aber das ging natürlich nicht. Sie musste wohl oder übel durch die peinliche Situation durch. „Ich wollte doch nur ...", fing sie unbeholfen an.

„Ich weiß, was du wolltest", unterbrach sie Simon und blickte ihr direkt in die Augen. „Das hättest du auch umsonst haben können!" Maike glaubte ihren Ohren nicht zu trauen. „Lust auf ein heißes Match?"

„Du solltest dich lieber warm anziehen!", flachste Maike und marschierte mit Schläger und Bällen Richtung Grundlinie. „Mein Trainer hat mir nämlich eine Menge beigebracht." Was Simon während der nächsten Stunde deutlich zu spüren bekam ...

Im Doppelpack

„Schau mal unauffällig zum Nebentisch rechts hinter dir!", flüsterte Carolin leise, während sie so tat, als würde sie von ihrem Milchshake trinken. „Der ist doch wahnsinnig süß, nicht?" Sie saß zusammen mit ihrer besten Freundin Sophie in ihrer Lieblingseisdiele. Leider zum letzten Mal in der Saison, denn Anfang Oktober ist der Sommer endgültig vorbei und dann würde die Eisdiele bis zum kommenden Frühjahr ihre Pforten schließen.

„Wow, du hast wirklich Geschmack!", grinste Sophie, nachdem sie einen flüchtigen Blick auf das Objekt von Carolins Interesse geworfen hatte. „Wenn ich nicht in festen Händen wäre, könnte ich glatt mit dir um ihn kämpfen!" Sie lachte, als sie die erschrockene Miene ihrer Freundin sah. „Keine Angst, Carolin!", fuhr sie beruhigend fort, „du weißt doch, dass ich dir niemals einen Kerl ausspannen würde, oder?"

Carolin nickte. Das hatte Sophie ja auch nicht nötig. Sie war eines der hübschesten Mädchen an der Schule, nur logisch, dass sich Carolin neben ihr immer wie ein hässliches Entlein vorkam. Es war eher ein Wunder, dass ihre langjährige Freundschaft nicht darunter gelitten hatte, dass Sophie sich vor männlichen Verehrern kaum retten konnte, während Carolin vom Jungen-Kuchen höchstens ein paar mickrige Krümel abbekam. Sie durchlebte zum Thema Boys gerade eine mehrmonatige Flaute, ein Zustand, den sie möglichst schnell hinter sich lassen wollte. Ganz anders Sophie. Die war seit einem Jahr mit Marcel zusammen, einem eher unscheinbaren Jungen aus der Parallelklasse. Die beiden verstanden sich prima, was Carolin immer einen kleinen Stich versetzte, wenn sie mit den beiden Turteltauben zusammen war.

„Ich glaube, der beobachtet uns!", riss Sophie sie wieder aus ihren Gedanken. „Und zwar dich, eindeutig!" „Das kann nicht sein!", widersprach Carolin. „Wetten?", beharrte Sophie. „Das können wir ganz rasch austesten, schick ihm einfach ein kleines Lächeln rüber!" „Das trau ich mich nicht!", wehrte Carolin ab, der allein schon beim Gedanken daran die Röte ins Gesicht schoss. „So wirst du nie zu Potte kommen!", stöhnte Sophie, als sie merkte, dass Carolin auf ihrer ablehnenden Haltung bestehen würde.

Plötzlich kam ihr eine Idee, sie zupfte Carolin am Arm und lächelte sie verschmitzt an. „Ich weiß was wir tun, damit ihr euch kennenlernt", erklärte sie. „Du lässt nach dem Zahlen deinen Geldbeutel liegen, wenn wir gehen, du vergisst ihn. Und dein Schwarm wird ihn finden und dich anrufen!" „Und wenn ihn jemand anders findet?", zweifelte Carolin an dem wunderbar einfach klingenden Plan ihrer Freundin. „Außer unseren beiden Tischen und dem ganz rechts neben der Tür ist keiner besetzt. Das muss klappen!"

Gesagt, getan.

„Und, wie war's?", fiel Sophie drei Tage später über Carolin her, als diese zufrieden lächelnd das Klassenzimmer betrat. „Ich platze schon vor Neugier!" Statt einer Antwort nahm Carolin sie erst einmal in den Arm, drückte sie fest und ließ Sophie erst wieder los, als diese zappelnd nach Luft schnappte. „Ach, Sophie!", rief Carolin mit strahlendem Gesicht. „Ich bin der glücklichste Mensch auf der Welt!" „Das sagt ja schon Alles", grinste Sophie, die sich ehrlich mit ihrer Freundin freute. „Aber jetzt raus mit der

Sprache, ich will alles wissen. Jede noch so winzige Einzelheit!"

Carolin lachte belustigt auf und erzählte, wie sie den gestrigen Nachmittag mit Timo, ihrem Schwarm aus der Eisdiele, verbracht hatte.

Der hatte sich tatsächlich noch am gleichen Tag gemeldet, um Carolin über ihren „verlorenen" Geldbeutel zu informieren. Für gestern Nachmittag hatten sie dann einen Termin zur „Übergabe" vereinbart, den Carolin, nach Anweisungen von Sophie, sofort zu einem gemeinsamen Pizzaessen als Finderlohn umgemünzt hatte. Eine gemeinsame Pizza sollte reichen, um sich näherzukommen, hatte Sophie gemeint. Und sie hatte wie immer recht behalten. Timo und Carolin waren sich tatsächlich „näher" gekommen, denn nach einer tollen Unterhaltung waren sie händchenhaltend einmal um den Block gelaufen, um den Abschied möglichst lange hinauszuzögern, und hatten sich schließlich an ihren Fahrrädern mit einem zarten ersten Kuss verabschiedet. Am Samstag hatten sie sich fürs Kino verabredet, vorher ging nicht, denn Timo hatte jeden Freitagabend Volleyball-Training.

„Mich hat es total erwischt!", beendete Carolin ihren begeisterten Redeschwall und rollte verzückt mit den Augen. „Das ist nicht zu übersehen!", lachte Sophie und nahm nun ihrerseits Carolin in den Arm.

„Puh, ich brauch jetzt unbedingt was zu trinken!", stöhnte Sophie, als sie nach fünf Songs am Stück von der Tanzfläche zurückkam. Carolin hatte bereits bei der letzten Nummer gestreikt, obwohl es sich um einen ihrer derzeitigen Favoriten handelte. Doch nach der ausgelassenen Tanzerei zuvor hatte sie wirklich nicht mehr gekonnt. Es war Freitagabend und die beiden Freundinnen vergnügten sich in der beliebtesten Disco der Stadt. Zu zweit, denn Marcel lag mit einer Grippe im Bett.

„Mir geht es genauso", antwortete Carolin daher. „Lass uns zum Tresen gehen und uns eine Apfelsaftschorle holen!" „Aber eine große!", meinte Sophie und zerrte Carolin am Ärmel mit.

„Ist dir nicht gut?", erkundigte sich Sophie wenig später, als sie bemerkte, dass Carolin ein Gesicht machte, als wäre sie einem schrecklichen Ungeheuer begegnet. Carolin zeigte keine

Reaktion. „Hey, was ist denn plötzlich mit dir los!", bohrte Sophie nach und knuffte ihrer besten Freundin in die Seite, aus der mit einem Mal jegliches Leben gewichen zu sein schien.

„Schau mal an den Durchgang zu den Toiletten!", brachte Carolin schließlich hervor. Sophie folgte ihrem versteinerten Blick. „Hey, das ist ja dein Timo!", wunderte sie sich kurz darauf. „Ich habe gedacht, der ist beim Volleyball!" „Dachte ich eigentlich auch!", schnaubte Carolin verächtlich. „Er hat mich angelogen!" „Sachte, sachte", wollte Sophie beschwichtigen, „vielleicht stellt sich das morgen als lächerlicher Irrtum heraus!"

„Und das wohl auch?", stieß Carolin kurz darauf verbittert hervor und schluchzte unvermittelt los. Sophie schaute wieder in Timos Richtung, gerade rechtzeitig, um zu sehen, dass er der hübschen Blondine, die er nun im Arm hielt und leidenschaftlich küsste, mit der rechten Hand unter deren knappe Bluse griff. „Dieses Schwein!", schimpfte sie aufgebracht und wandte sich anschließend Carolin zu: „Komm, lass uns hier verschwinden, das reicht!"

„Einen Moment, erst muss ich noch was erledigen!", entgegnete Carolin, bevor sie entschlossen zu Timo marschierte und ihm zu Sophies Begeisterung eine schallende Ohrfeige verabreichte. „Spinnst du?", schimpfte der wütend. „Wer ist die verrückte Tussi?", wollte die Blondine wissen. „Schatz, gibt es da etwas, das ich nicht weiß?"

Ihr besitzergreifender Blick gab Carolin den Rest. „Oh ja, vor zwei Tagen hat dein Süßer noch mich geküsst!". Ihr verächtliches Lachen erstarb beinahe umgehend, da es ihr regelrecht im Hals stecken blieb. „Stimmt das, Tobias?", die schrille Stimme des Mädchens klang inzwischen ziemlich unsicher. Tobias?!? Bei Carolin läuteten die Alarmglocken.

„Ich kenne sie wirklich nicht!", beteuerte der umkämpfte Lover. „Das muss das Mädchen sein, von dem uns Timo so vorgeschwärmt hat. Seine große Liebe aus der Eisdiele!"

Er rieb sich seine glühende Wange. „Du heißt Carolin, stimmt's?", fragte er und streckte Carolin seine Hand hin. „Ich bin Tobias, Timos Zwillingsbruder, den er dir wahrscheinlich vor lauter Aufregung unterschlagen hat." Er lachte freundlich. „Ich muss schon sagen, eine wirklich starke Frau, die er sich da geangelt hat!"

„Tut mir leid!", stammelte Carolin entschuldigend. „Aber ich habe geglaubt ..." „Dass Timo dich betrügt? Nie! Der ist bis über beide Ohren in dich verliebt!", meinte Tobias unverblümt.

Und ich in ihn, dachte Carolin und freute sich riesig auf den Kinoabend morgen und alles andere, was sie mit Timo noch erleben würde.

Die Nachtigall im Wald

„Hei, Jana, das wär' doch was für dich!", ertönte Herr Beckers Stimme hinter der Zeitung. Er faltete das unhandliche Papier auf ein Viertel seiner Originalgröße zusammen und reichte es seiner Tochter über den Tisch, die ihm gegenüber saß und gerade damit beschäftigt war, eine Banane in ihr Frühstücksmüsli zu schnippeln.

„Wo?", fragte Jana und griff neugierig nach der Zeitung. Es musste schon etwas wirklich Wichtiges sein, wenn ihr Vater sie extra darauf aufmerksam machte und sich freiwillig von seiner heiß geliebten Lektüre trennte. Bevor Papa mit der Zeitung nicht durch war, war sie für den Rest der Familie nämlich tabu.

„Ganz unten, links", entgegnete er und wartete anschließend gespannt auf Janas Reaktion.

„Jubiläumsveranstaltung mit großem Gesangswettbewerb", las Jana halblaut vor und vertiefte sich in den Artikel. Ihre Heimatstadt feierte in diesem Jahr ihr 500-jähriges Bestehen mit Festwoche, Umzug und täglichen Abendveranstaltungen, die von den verschiedenen Vereinen gestaltet und ausgerichtet wurden. Den krönenden Abschluss der gesamten Feierlichkeiten sollte ein pompöser Galaabend mit anschließendem Feuerwerk am Sonntag bilden. Und für besagten Abend wurde in jenem Zeitungsartikel als besonderer Höhepunkt ein Gesangswettbewerb angekündigt. Mit Vorrunden in den Wochen davor, in denen die fünf besten Teilnehmer für die Endrunde, die dann an der Abschlussveranstaltung stattfinden sollte, ermittelt werden sollten. Dem Gewinner oder der Gewinnerin winkte die professionelle Aufnahme eines Songs auf CD in einem Tonstudio, mit etwas Glück, der Beginn einer Karriere.

„Ich finde, du solltest da mitmachen!", ermunterte Vater Becker seine Tochter, die ihn nach beendeter Lektüre mit zweifelnder Miene anblickte. „Du bekommst nun seit zwei Jahren Gesangsstunden und hast eine wunderbare Stimme. Viel zu schade für den Hausgebrauch unter der Dusche oder nur gelegentliche Einlagen bei Familienfeiern!"

Jana lächelte bei dieser liebevollen Beschreibung ihrer Singerei. Im Grunde genommen hatte ihr Vater ja recht. Doch für mehr als einzelne Auftritte im Verwandten- und Bekanntenkreis hatte ihr Mut bisher noch nicht gereicht.

„Ich bin der Meinung, der Öffentlichkeit steht es einfach zu, endlich die beste Sängerin weit und breit kennenlernen zu dürfen!" Jana errötete vor Freude über das dicke Kompliment ihres Vaters. Als kurz darauf sein „Wir melden dich heute noch an!" kam, hatte sie sich bereits mit dem Gedanken daran angefreundet.

„Und mit welchem Lied soll ich deiner Meinung nach antreten?", bat sie um einen Vorschlag. „Da kommt nur eines in Frage: *New York*!", lautete die prompte Antwort. Was hätte Jana von einem bekennenden Frank-Sinatra-Fan auch anderes erwarten sollen?

„If I can make it there ...", schmetterte Jana zum wiederholten Male die letzten und schwierigsten Takte des Songs, bevor sie sich erschöpft auf ihre mitgebrachte Picknickdecke ins Gras plumpsen ließ und nach der wohltuenden Wasserflasche griff.

Seitdem sie sich zu dem Gesangswettbewerb vor drei Wochen angemeldet hatte, fuhr sie dreimal wöchentlich mit dem Fahrrad in den Wald, der sich nur wenige hundert Meter hinter dem südlichen Stadtrand erstreckte und daher auch ein beliebtes Ziel für Spaziergänger war. Um keinen von ihnen zu begegnen oder als ungewollte Zuhörer zu bekommen, radelte Jana einige Kilometer in das Waldgebiet hinein. Bei ihrem ersten „Übungsausflug" hatte sie eine kleine, etwas abseits des Weges gelegene Lichtung entdeckt, die sie nun zielstrebig anpeilte und zu ihrer Naturbühne umfunktioniert hatte. Dort konnte sie ungestört aus voller Brust singen, gegen gefiedertes oder vierbeiniges Publikum hatte sie nichts einzuwenden. Bei ihren regelmäßigen Pausen machte sie es sich dann auf ihrer Decke bequem, ölte ihre Stimmbänder mit Wasser oder Apfelsaftschorle und belohnte sich mit einzelnen Gummibärchen. Musste sich Jana anfangs noch dazu überwinden, regelmäßig die Strecke rauszufahren und zu üben, hatte sie inzwischen großen Spaß an ihren Ausflügen gefunden und kehrte jedes Mal nach diesen eineinhalb Stunden gelöst und entspannt nach Hause zurück.

Dort erwartete sie an den Tagen dazwischen dann eine weitere Trainingseinheit, bei der es dann nicht nur um die Stimme, sondern ihren gesamten Auftritt mit den passenden Schritten, Bewegungen und Gesten ging. Diese Arbeit an der Choreographie fand Jana beinahe anstrengender als das eigentliche Singen und sie war froh, durch ihre Übungseinheiten im Wald wenigstens ihren Gesang nahezu perfektioniert zu haben.

Noch vier Tage, dann käme sie mit dem Vorsingen dran, wo es um die endgültige Qualifikation ging. Auf geht´s, Jana, ein letztes Mal, feuerte sie sich selbst an und erhob sich von ihrem gemütlichen Platz, um beste Voraussetzungen für die wichtige Atmung zu bekommen. „Start spreadin´ the news ...",

Was war denn das? Erstaunt hielt David im Laufen inne und lauschte. Da sang ja jemand! Und, soweit er das beurteilen konnte, sogar ziemlich gut! Er hatte bei seinen täglichen Joggingrunden zwar schon einiges erlebt, vor allem was knutschende Liebespärchen betraf, aber eine trällernde Nachtigall mitten im Wald war ihm dabei noch nicht untergekommen.

Seit drei Jahren schon spulte David sein tägliches Trainingsprogramm mit Ausdauer- oder Krafttraining gewissenhaft herunter, Ausreden seines inneren Schweinehundes hatte er noch nie gelten lassen, schließlich wollte er es in den Leichtathletik-Förderkader schaffen, was nur mit eiserner Disziplin zu erreichen war. Daher konnten seine Nachbarn ihre Uhr danach stellen, dass David jeden zweiten Tag auf die Minute genau um 16 Uhr das Haus verließ, um sich auf seine etwa 10 km lange Strecke zu begeben. Wobei er sich jedoch nicht festlegen ließ, war der jeweilige Trainingsort. Mal zog es ihn in den Park, dann wieder auf die Sportanlagen, mal an die Flussauen und heute eben in den Wald. Das erste Mal seit Langem wieder.

„... it's up to you, New York, New York!", ertönte es rechts von ihm. Nicht schlecht, Herr Specht! David war von der unbekannten Sängerin sichtlich beeindruckt. Er hatte eigentlich insgeheim damit gerechnet, dass diese glockenhelle Stimme spätestens an dieser Stelle des Liedes, wo sich die Töne in kaum zu bewältigende Höhen schraubten, an ihre Grenzen stoßen würde. So wie es leider vielen Sängern ging, die sich an diesem beliebten Lied versuchten und ihren bis dato akzeptablen Vortrag durch diese letzten mühsam herausgequetschten und qualvoll gepiepsten Laute auf peinliche Weise beenden.

Vorsichtig schlich David in die Richtung, aus der der Gesang gekommen war. Mist! Jetzt war es absolut still! Warum hatte sie nur aufgehört? Musste er sich jetzt mehr rechts halten oder doch ein Stück weiter links? Mensch, Mädchen, sing!

Aber Jana tat ihm diesen Gefallen nicht, denn für sie war die Übungsstunde definitiv beendet. Sie packte ihre Sachen zusammen, schwang sich auf ihren Drahtesel und radelte mit beachtlicher Geschwindigkeit nach Hause, denn am Himmel zogen sich bedrohlich dunkle Regenwolken zusammen.

Dass an der einen Gabelung unmittelbar hinter ihr ein verschwitzter, leise fluchender Junge auf den Waldweg trat und ihr neugierig hinterher schaute, bekam Jana nicht mehr mit.

„Startnummer 5, Jana Becker!", kündigte der Moderator dem Publikum in der hoffnungslos überfüllten Stadthalle an und machte die Bühne für die letzte Teilnehmerin des Gesangswettbewerbes frei.

Das Publikum war gespannt und hoffte, dass die letzte Sängerin ihnen ihre Entscheidung erleichtern würde. Die bisherigen Beiträge waren zwar allesamt nicht schlecht, aber keiner so berauschend gewesen, dass er den ersten Preis und eine CD-Aufnahme verdient hätte.

Jana holte tief Luft, zupfte zum letzten Male ihr freches Kostüm zurecht – sie trug wie eine Revuesängerin „stilgemäß" Frack, Zylinder und Netzstrumpfhose – und betrat die Bühne, wo sie vom freundlichen Applaus der Jury empfangen wurde.

Sobald die ersten, wohlbekannten Takte ertönten, begann die Show. Als Jana den mitreißenden Rhythmus mit den Fingern schnipste, fiel ihr begeistertes Publikum in entsprechendes Händeklatschen ein.

Und David, der zusammen mit seinen Eltern und seiner älteren Schwester, die in der Vorrunde ausgeschieden war, eher lustlos zu dem Galaabend gegangen war, war plötzlich hellwach und wartete mit heftigem Herzklopfen auf den Einsatz der Stimme.

„Start spreadin´ the news ...“ Das war sie! Das war die Nachtigall aus dem Wald! Neugierig reckte er den Kopf in die Höhe, um einen Blick auf Jana zu werfen. Was er von der drittletzten Reihe aus sehen konnte, war nicht schlecht.

Das Mädchen konnte nicht nur hervorragend singen, sondern war auch ziemlich hübsch und hatte eine gute Figur. Denn die konnte David wegen Janas freizügigen Kostüms sogar von ganz hinten beurteilen.

Jana Becker. David nahm sich fest vor, über seinen eigenen Schatten zu springen. Denn in Bezug auf Mädchen war er furchtbar schüchtern. Aber Jana würde er anrufen.

Vorausgesetzt, sie könnte sich mal aus dem Tonstudio loseisen.

Verguckt

„Was für ein süßes Girl!", schwärmte Mick hingerissen. „Wenn ich mit Svea nicht so glücklich wäre, würde ich sie glatt anbaggern. Wirklich ein leckeres Teilchen!" Er schnalzte genüsslich mit der Zunge. „Wir sollten viel öfters herkommen! Schauen kostet schließlich nichts!" Er lachte laut auf.

„Beschreib sie mir!", bat sein Kumpel Lukas auf dem Badelaken neben ihm. Wie jeden Donnerstagnachmittag waren die beiden Freunde zum Schwimmen gegangen, wie jeden Donnerstag ohne Micks Freundin Svea, die zur gleichen Zeit zu ihrem wöchentlichen Tanztraining ging. Sie tanzte nämlich während der Faschingssaison in einer Prinzengarde und musste den gesamten Herbst und Winter hart dafür trainieren. Zweimal wöchentlich. Und hatte weniger Zeit für ihren Herzallerliebsten, die dieser dann stets mit seinem Kumpel Lukas verbrachte. Dienstags gingen sie zum Billard, donnerstags ins Hallenbad.

„Nun, mach schon!", drängte Lukas ungeduldig, nachdem Mick bisher keinerlei Anstalten machte, seiner Bitte nachzukommen.

„Also", begann Mick umständlich, „Sie hat eine niedliche Figur, nicht so rappeldürr, sondern richtig gut, du weißt schon, was ich meine, mit den Rundungen an den richtigen Stellen." Er machte eine entsprechende Handbewegung und grinste anzüglich. „Wunderschöne, lange dunkle Haare und, und äh, blaue Augen!", beendete er seine Beschreibung.

„Idiot!", brummte Lukas. „Die Augenfarbe kannst du doch von hier aus überhaupt nicht erkennen!" Was natürlich stimmte, denn Mick hatte ihm ein Mädchen beschrieben, das auf der Liege-Terrasse am anderen Rand des Schwimmbeckens lag. Ungefähr 15 m Luftlinie.

„Okay, okay, hast natürlich recht, die Augenfarbe war geflunkert", gab Mick zu. Aber der Rest war richtig. Du solltest wirklich mal einen Blick auf das Mäuschen riskieren!" Er stieß seinen Freund aufmunternd in die Seite. „Hey, jetzt schaut sie sogar zu uns rüber. Und lächelt!

Wow! Die meint tatsächlich uns!", rief Mick aufgeregt. „Guck halt mal!"

„Du weißt doch genau, dass ich ohne meine Brille nichts sehe!", knurrte Lukas ärgerlich, der sein ungeliebtes Nasenfahrrad im hintersten Eck seiner Tasche versteckt und in den Garderoben- schrank weggesperrt hatte. „Wie kann man nur so eitel sein?", wunderte sich Mick. „Du hast doch wirklich eine Macke! In der Schule setzt du doch auch deine Brille auf!"

„Da geht es eben nun mal nicht anders!" Lukas schämte sich wegen seiner Kurzsichtigkeit und lief, wo immer es möglich war, ohne Brille herum. Wodurch ihm natürlich so einiges entging. Wie eben das hübsche Mädchen gegenüber. Oder in der Stadt, wenn er mit Mick durch die Gegend zog und die Menschen um sich herum nur als wabernde Masse mitbekam. Ohne scharfe Konturen. Keine Gesichter, sondern helle Flecken. Weshalb er auch nie mitbekam, wenn ihn ein Mädchen freundlich und interessiert anlächelte. Oder er selbst in Fettnäpfe stolperte wie letztes Wochenende. Da hatte er mit einem komplett in Jeans gekleideten Mädchen geflirtet. Das sich dann beim Näherkommen als die Mutter eines Klassenkameraden entpuppt hatte. Megapeinlich!

„Schade, sie verschwindet!", bedauerte Mick nun. Doch plötzlich kam ihm eine Idee. „Mensch, Lukas, das ist deine Chance! Du musst ihr nachgehen! Vielleicht kommt ihr euch ja beim Föhnen näher!" Mick lachte bei dem Gedanken daran. „Komm, du alter Feigling! Ich werde hier die nächste Stunde auch ohne dich überleben!" Lukas zögerte für einen kurzen Moment, gab dann aber nach. „Meinetwegen!", stimmte er mit nicht gerade überwältigender Begeisterung dem Vorschlag seines Freundes zu. „Aber du darfst mir nicht nachgehen!" „Würde ich doch nie tun!", grinste Mick.

„Blauer Badeanzug!", waren die letzten Worte, die Lukas von seinem Freund hörte, als er sich auf den Weg zur Eroberung der unbekannten Schönen machte.

Mist, war es nun die zweite oder die dritte Kabine im linken Gang gewesen, in die der blaue Badeanzug verschwunden war?

Lukas ging unschlüssig vor den Türen auf und ab und verfluchte zum ersten Mal selbst seine blöde Eitelkeit. Gut, er würde sich eben mit dem Anziehen beeilen und dann die beiden in Frage kommenden Kabinen beobachten. Flugs räumte er seinen Garderobenschrank aus, warf seine Jacke achtlos über den Arm und verschwand in der letzten noch freien Umkleidekabine. In seiner Hektik überhörte er dabei das leise Geräusch, das sein Fahrradschlüssel machte, als er aus der Jackentasche auf die rutschfesten Plastikmatten fiel, mit denen der feuchte Fliesenboden ausgelegt war.

In Windeseile zog er sich an, stopfte seine nassen Badesachen hastig in die Tasche und bezog am Ende des Ganges Position. Verdammt, etliche Kabinen waren mittlerweile schon leer, zum Glück jedoch noch keine der ersten. Frank wartete gespannt und kaute vor Nervosität auf seiner Lippe herum.

Jetzt ging die dritte Kabine auf. Heraus kam ein Mädchen mit einem lustigen Filzhut. Wie sollte er jetzt wissen, ob es die richtige war, wenn er ihre Haare nicht sehen konnte? Offensichtlich hatte sie nicht vor, zu föhnen. Unschlüssig blickte Lukas ihr nach, als sie um die Ecke bog. Nachgehen oder auf Kabine zwei warten? Er entschied sich für die zweite Möglichkeit und hatte das Gefühl, eine Ewigkeit warten zu müssen, obwohl es in Wirklichkeit vielleicht nur drei Minuten waren.

Da, endlich ging die Tür auf! Lukas hielt gespannt den Atem an. Heraus kam eine Omi im langen Mantel und mit Kopftuch ums Gesicht! Verdammt! Es war also doch der Hut gewesen!

Lukas sauste zum Gebäude hinaus und blickte sich suchend um. Niemand weit und breit. Pech gehabt! Enttäuscht trottete er zu seinem Fahrrad. Zielsicher, weil er wusste, dass es das Erste in der dritten Reihe war. Als er wie gewohnt in seine rechte Jackentasche langte, griff er zu seiner Überraschung ins Leere. Sollte er seinen Fahrradschlüssel ausnahmsweise in die linke gesteckt haben? Negativ! Wo war nur der verdammte Schlüssel? Er musste ihn auf dem Weg ins Schwimmbad verloren haben. Oder im Hallenbad selbst. Na dann, fröhliches Suchen!

Er setzte seine Brille auf und legte die Strecke zum Eingang im Schneckentempo zurück, die

Augen stets suchend auf den Boden vor ihm gerichtet. Kurz vor der Eingangstüre hörte er hastige Schritte hinter sich und wurde kurz darauf von einer grünen Jacke mit wehendem roten Schal überholt. Und einem schwarzen Filzhut! Das war das Mädchen, das ihm vorhin entwischt war! Sollte er tatsächlich eine zweite Chance erhalten? Aufgeregt verfrachtete Lukas sein Nasenfahrrad wieder in das Etui und betrat das Gebäude. Aber er konnte das Mädchen nirgends entdecken. Wo war sie nur so schnell hin? Egal, da sie den Gang mit den Umkleiden auf jeden Fall passieren musste, konnte er auch schon mit der Suche nach seinem Schlüssel beginnen. Lukas ging in die Knie und tastete mit den Händen den Boden ab.

„Hast du eine Kontaktlinse verloren?", fragte plötzlich eine junge Stimme über ihm. Als er den Kopf hob, blickte er in das Gesicht, das zu dem schwarzen Filzhut gehörte. Ein hübsches Gesicht, soweit er erkennen konnte. „Nein, meinen Fahrradschlüssel!", antwortete Lukas und heftete seinen Blick krampfhaft auf den Boden, weil er ein heftiges Brennen im Gesicht spürte, das ihm signalisierte, dass er soeben die Farbe einer überreifen Tomate anzunehmen begann.

„Meinst du diesen hier?", fragte das Mädchen, ging direkt vor Lukas in die Knie und hielt ihm seinen Fahrradschlüssel unter die Nase. „Danke!", stammelte Lukas und schnappte sich den Schlüssel.

„Dass du ihn bisher nicht gesehen hast!" Verwundert schüttelte sie den Kopf. „Er lag doch direkt vor dir!" Lukas schwieg dazu. „Ist ja auch egal. Hauptsache, wir haben beide unsere Sachen wieder zurück! Ich hatte nämlich meine Handschuhe in der Ablage von meinem Garderobenschrank vergessen. Sie lagen zum Glück noch da. Kein Wunder, solche Pracht-exemplare will keiner haben!" Sie lachte Frank fröhlich an und zeigte ihm ihre selbst gestrickten Handschuhe. Gelb-grün-orange gestreift. „Waren Wollreste!", setzte sie erklärend hinzu.

Einvernehmlich schlenderten sie beide zurück zum Fahrradkeller und holten ihre Drahtesel. „In welche Richtung musst du?", fragte das Mädchen Lukas, nachdem sie ihre Räder bis an den Straßenrand geschoben hatten. Warum konnte er sich nicht so ungezwungen mit einem Mädchen unterhalten, wie sie es ihm vormachte, fragte sich Lukas im Stillen. „Ins Mühlenviertel, Sevenichstraße."

„Prima, das liegt auf meiner Strecke!", freute sich das Mädchen. „Da können wir zusammen fahren! Ich heiße übrigens Merle. Und du?" So leicht ging das bei ihr! Lukas beneidete Merle um ihre Unbekümmertheit, weil er selbst so schüchtern war. „Lukas."

„Okay, los geht´s!" Merle setzte sich in Bewegung und radelte los. Nach wenigen Metern blickte sie sich um und merkte, dass Lukas noch immer an der gleichen Stelle stand. Sie wendete und kehrte zurück. „Worauf wartest du?", erkundigte sie sich neugierig.

Jetzt hieß es Farbe bekennen! Lukas atmete tief durch, langte in die Tasche, holte die Brille aus dem Etui und setzte sie auf. Ohne Brille war es für ihn im Straßenverkehr nämlich zu gefährlich. Das sah selbst Lukas ein. „Also deswegen", stellte Merle überrascht fest, „hast du deinen Schlüssel vorhin nicht gesehen!" Sie lachte. „Du scheinst ja genauso eitel zu sein wie ich! Und ein ähnlicher Schussel!"

Lukas blickte sie verständnislos an. „Wieso bist du eitel?" Seine Neugier siegte über den Gentleman in ihm. „Ich wollte auch nie eine Brille aufsetzen!", erklärte Merle. „Wo ich doch blind wie ein Maulwurf bin!" „Und?", fragte Lukas und wunderte sich, bei einem blinden Maulwurf keine Brille auf der Nase zu sehen.

„Ich trage jetzt Kontaktlinsen!", antwortete Merle. „Solltest du vielleicht auch mal probieren! Komm, lass uns endlich fahren! Wenn wir uns beeilen, schaffen wir es noch zum Kiermeier, bevor er seinen Laden zumacht." Sie grinste Lukas schelmisch an. „Eine Nussecke ist ja wohl das Mindeste an Finderlohn für etwas so Wichtiges wie einen Fahrradschlüssel!" Lachte frech und radelte davon.

Ein Lukas mit Schmetterlingen im Bauch hinterher. Der sich fest vornahm, Merle für das Wochenende ins Kino einzuladen.

Und sich bei seinem Optiker möglichst bald nach Kontaktlinsen zu erkundigen.

Der rätselhafte Wichtel

„Schau mal, da hängt was an deinem Fahrrad!"

Claire hatte vor ihrer Freundin Isabel ihre nebeneinander geparkten Drahtesel erreicht und daher zuerst das kleine Päckchen an Isabels Gepäckträger entdeckt. Isabel nahm die kleine Schachtel in die Hand und begutachtete sie unschlüssig von allen Seiten, so, als würde sie etwas Gefährliches oder Unheimliches in ihr vermuten.

„Willst du sie nicht aufmachen?", drängelte Claire ungeduldig, die vor Neugier schier platzte. „Na, mach schon!"

Isabel zog behutsam an der Schleife, faltete sie sorgfältig zusammen und steckte sie in ihre Jackentasche. Claire rollte bei so viel Gewissenhaftigkeit ihrer Freundin genervt mit den Augen. Als ob sie Isabel und ihr stets pflichtbewusstes Wesen nicht schon seit den gemeinsamen Grundschultagen gut genug kennen würde.

Als Isabel den Deckel abnahm, fand sie fünf Mozartkugeln und einen Zettel mit folgender Aufschrift: „Ihre Teile liefern dir die ersten vier Buchstaben für des Rätsels Lösung. Ein Verehrer deines Geschmacks."

„Was soll denn das bedeuten?", fragte Isabel verwundert.

„Vielleicht will dich da irgendein Witzbold veräppeln!", meinte Claire und fügte nach kurzem Überlegen hinzu. „Obwohl, wozu dann der Aufwand, das Vergnügen könnte der Betreffende ja wohl um einiges billiger haben!" Sie nahm der grübelnden Isabel den Zettel aus der Hand und las ihn nochmals aufmerksam durch. „Auf jeden Fall weißt du nun, dass du einen Verehrer hast!" Sie lachte kurz auf. „Das ist doch immerhin auch schon was!"

„Was ist das nur für ein komisches Rätsel?", dachte Isabel laut nach. „Ihre Teile liefern dir die ersten vier Buchstaben", wiederholte sie. „Welche Teile? Was für Buchstaben?" „Nun, sie bestehen aus Pistazien, Nougat, Marzipan und Schokolade. Aber was damit anfangen kann ich nicht", half Claire beim Lösen des Rätsels. „Da bräuchten wir genauere Hinweise!" Sie schnallte ihre Schultasche auf den Gepäckträger und stieg auf.

„Und woher weiß er, dass ich Mozartkugeln so gerne esse?", wunderte sich Isabel weiter.

„Am besten vergisst du das Ganze einfach!", schlug Claire vor, die die Geschichte bereits wieder langweilte. „Und isst die Dinger einfach auf. Ich helfe dir gerne dabei!" Lachend trat sie in die Pedale und trieb Isabel so zur Eile an.

Vier Tage später, Isabel hatte inzwischen kaum mehr einen Gedanken an die rätselhafte Geschichte verschwendet, fand sie ein weiteres Päckchen. Diesmal in ihrer Jackentasche, als sie nach Schulschluss ihren Dufflecoat anzog und in die Tasche griff, um ihre Handschuhe herauszuholen. Erneut im Beisein ihrer besten Freundin Claire, der sie das Päckchen wortlos unter die Nase hielt.

„Wow, es gibt tatsächlich eine Fortsetzung!", rief diese überrascht aus. „Jetzt sind wir doch mal gespannt!" Die Verwendung des Plurals machte

Isabel unmissverständlich klar, dass sie das Päckchen auf der Stelle zu öffnen hätte.

Mit klopfendem Herzen löste Isabel das Band auf und wickelte einen Schlüsselanhänger mit ihrem Sternzeichen Löwe aus, an dem wieder ein Zettel befestigt war.

„Legst du dich quer wie eine Wildkatze oder summst du wie ein Stubentiger? Der Löwe liefert dir die nächsten vier Buchstaben. Ein Verehrer deiner mathematischen Fähigkeiten", las Isabel vor.

„Das wird ja immer schlimmer!", stöhnte Claire verzweifelt. „Ich kapier überhaupt nichts mehr!"

Isabel betrachtete nachdenklich den kleinen Löwen in ihrer Hand, als ob sie darauf wartete, dass er ihr des Rätsels Lösung liefern würde. Was sollte nur dieser seltsame Hinweis?

Nach ihrer ersten heftigen Reaktion fand Claire langsam Gefallen an dem Rätsel. „Auf jeden Fall wissen wir jetzt, dass dein Verehrer an unserer Schule ist.", meinte sie. „Und wahrscheinlich sogar in unsere Klasse geht", führte Isabel den Gedankengang ihrer Freundin fort.

„Wieso?", fragte Claire. „Sonst wüsste er wohl kaum, dass Mathe mein bestes Unterrichtsfach ist, oder?", antwortete Isabel. „Stimmt", pflichtete Claire ihr bei und grinste. „Aber das schränkt den Kreis der möglichen Kandidaten wesentlich ein. Auf – ", sie ging in Gedanken die Sitzordnung durch, „16 Exemplare."

„Timo und Florian müssen wir ebenfalls abziehen, die haben ´ne Freundin", überlegte Isabel. „Bleiben nur noch 14 übrig. Nur!" Sie lachte.

„Komm, lass uns probieren, die neuen Hinweise zu deuten!", holte Claire sie in die Wirklichkeit zurück. „Die Lösung muss in dem komischen ersten Teil liegen", vermutete sie, nachdem sie den Text mehrmals gelesen hatte. „Irgendwas stört mich an dieser Formulierung." Sie überlegte und kaute dabei auf ihrer Oberlippe, eine Angewohnheit, die Isabel an ihrer Freundin nur zu vertraut war.

„Stubentiger summen doch nicht, sie schnurren doch!", wunderte sich Claire. „Und welche Wildkatze legt sich schon quer? Das ergibt überhaupt keinen Sinn!" Sie blickte Isabel ratlos an. „Und was soll dann der Hinweis auf deine mathematischen Fähigkeiten? Das muss eine bestimmte Bedeutung haben."

Als Isabel sich die Äußerungen Claires nochmals durch den Kopf gehen ließ, fand sie plötzlich die Lösung. „Ich hab´s!", jubelte sie. „Die Wörter summen und quer weisen auf den mathematischen Begriff Quersumme hin!"

„Aber was hilft uns das weiter?", hakte Claire nach. „Du hast den Löwen vergessen, der soll dir doch die Buchstaben verraten!"

„Tut er auch", fuhr Isabel eifrig fort. „Er ist mein Sternzeichen."

„Da erzählst du mir nichts Neues!", entgegnete Claire. „Wenn wir jedoch eine Quersumme bilden wollen, brauchen wir Zahlen! Und der Löwe ... – Mensch, dein Geburtstag, wir müssen dein Geburtsdatum nehmen!" Das Rätselfieber hatte sie inzwischen derart gepackt, dass sie regelrecht schrie. Die Zeit hatten beiden ohnehin längst vergessen. „6.8.2001", rechnete Claire laut, „Das gibt die Quersumme ..."

„Acht", beendete Isabel. „Und die Zahl Acht besteht aus vier Buchstaben."

„Mensch, dann müssen wir nur die Buchstaben richtig zusammensetzen, um die Lösung zu finden!", rief Claire aufgeregt und kramte nach einem Zettel, um alle Buchstaben aufzuschreiben. A, C, H, T von heute und M, P, S, N vom ersten Mal.

„Ich glaube, da fehlen noch ein paar!", seufzte sie nach einigen Minuten. „Vor allen Dingen Vokale!", stimmte ihr Isabel zu und wandte sich nun endlich zum Gehen.

„Kommt Zeit, kommt Päckchen!", rief ihr Claire zum Abschied noch zu.

Und sie sollte recht behalten.

Das dritte Päckchen lag am nächsten Tag in Isabels Schultasche, als sie von der Pause zurück ins Klassenzimmer kam.

Da ihr Englischlehrer ebenso pünktlich wie streng war und sie mittwochs mit einer Doppelstunde beglückte, mussten sich die beiden Freundinnen bis zum Unterrichtsende gedulden, bis sie sich ungestört dem Päckchen widmen konnten. Isabel wartete ab, bis sie die letzten im Raum waren, bevor sie das Päckchen mit vor Aufregung zitternden Fingern öffnete. Es enthielt ein Jo-Jo und eine weitere geheimnisvolle Botschaft. „Ich schenke dir zwar ein Spielzeug, aber ich treibe kein Spiel. Hoffentlich drehst du dich nicht in ihm und ich mich bald mit dir. Ein Verehrer deiner Tanzkünste."

„Hey, heute ist das Rätsel ja richtig leicht!", freute sich Claire. „Er meint den Begriff Kreis. Oder die Mehrzahl, Kreise: Das Jo-Jo macht Kreise, wir sollen uns nicht in ihm drehen und beim Tanzen macht man auch Kreise!", erklärte sie eifrig und ergänzte ihre bisherige Buchstabenliste um die fünf neuen.

Sie knobelten zehn Minuten und probierten sämtliche Jungennamen ihrer Klasse durch, bis am Ende zwei mögliche Kandidaten übrig blieben.

Achim Spenckerts und Markus Pechstein.

„Und was willst du jetzt tun?", erkundigte sich Claire.

Isabel zuckte mit den Schultern. „Was wohl, auf den letzten Buchstaben warten natürlich!"

„Willst du sie nicht ansprechen?", bohrte Claire nach.

Isabel schüttelte energisch den Kopf. „Nein." Dann ein verschmitztes Lächeln. „Aber beobachten!" Claire seufzte, denn sie hätte die Entwicklung der in ihren Augen furchtbar romantischen Geschichte nur zu gerne beschleunigt.

Nachdem eine Woche lang überhaupt nichts passiert war und sich keiner der Kandidaten trotz Isabels hartnäckiger und wie sie hoffte unauffälliger Beobachtung verriet, beschlichen Isabel ernsthafte Zweifel, ob sie die Rätsel auch wirklich richtig gedeutet hatten. Der andauernden Funkstille nach wohl nicht.

Sollte sie entgegen der Beteuerungen des mysteriösen Absenders doch einem üblen Scherz aufgesessen sein?

Als Isabel bereits nicht mehr daran glauben wollte, kam das vierte Päckchen. Diesmal steckte es in ihrer Sporttasche. Claire quiekte begeistert. „Na endlich! Die grässliche Anspannung war ja kaum mehr auszuhalten!"

Isabel zögerte ein wenig mit dem Öffnen. Denn nun stand die endgültige Entscheidung unmittelbar bevor. Sie holte noch einmal tief Luft und riss – ganz gegen ihre Natur – entschlossen das Papier auf. Sie fand ein wunderschönes blaues Halstuch, doch keine Botschaft.

„Das gibt´s doch nicht!", rief Claire ungläubig und untersuchte das Papier daraufhin, ob der Zettel möglicherweise irgendwo hängengeblieben oder vielleicht so winzig klein war, dass man ihn übersehen konnte.

Fehlanzeige. Keine Botschaft. Kein Rätsel. Keine Lösung. Ratlos blickte sie ihre Freundin an. „Ich weiß, wer es ist", sagte da Isabel plötzlich leise zu ihrer großen Überraschung.

„Aber es war kein Hinweis dabei?", wunderte sich Claire. „Doch!", widersprach Isabel. „Das Tuch ist der Hinweis."

„Das Tuch? Warum das Tuch? Könntest du mir bitte erklären, was in deinem Kopf vorgeht?" Claire war beinahe ärgerlich. Warum musste Isabel sie nur so lange auf die Folter spannen?

„Das Tuch ist blau", erklärte Isabel mit einem wissenden Lächeln im Gesicht. „Ultramarinblau".

„Dann ist es also ...", folgerte Claire. „Markus", vollendete Isabel den Satz.

Sein errötendes Gesicht, das sie am gleichen Nachmittag sah, als sie bei Markus klingelte und er die Haustür öffnete, bestätigte ihre Vermutung.

„Ich habe nun mal eine Schwäche für clevere Mädels!", waren seine ersten Worte. Kein schlechter Anfang, wie Isabel fand ...

Sprung ins Glück

„Weiber sind doch viel zu feige für so was!",
behauptete Manuel und grinste verächtlich. „Der
5-m-Turm ist was für mutige Männer!"

„So wie du einer bist", konterte Steffi
schlagfertig, „deswegen bist du auch noch nicht
gesprungen!"

Schallendes Gelächter bei der gesamten Clique.
Sie hatten sich wie immer bei schönem Wetter
beinahe vollständig im Freibad getroffen und an
ihrem Stammplatz einen beachtlich großen
Badetuch-Flecken-Teppich gebildet. Kein
Wunder, bei 15 Leuten! Lustige Wortgefechte
wie dieses waren bei ihnen an der
Tagesordnung, wenn auch nicht immer mit so
boshaftem Unterton wie eben bei Manuel.

„Reden wir in zwei Minuten noch mal drüber!",
giftete Manuel Steffi an, erhob sich und
marschierte Richtung Sprungturm. Die Clique
schaute gespannt zu, wie er betont langsam – aus
Angst oder um seinen Auftritt möglichst
langwierig zu gestalten? – die Metall-Leiter zur
Betonplattform erklomm. Oben winkte er ihnen

zu und wartete einen kurzen Moment. Nicht etwa, weil der Andrang so groß gewesen wäre und er warten müsste. Nein, er war der Einzige dort oben in luftiger Höhe und genoss daher die Aufmerksamkeit zahlreicher Schwimmbadbesucher. Endlich ging er vor zur Kante, spannte seinen Körper an und sprang mit einem ansehnlichen Kopfsprung ins Becken.

„So, und jetzt die Damen, bitte!", forderte er Steffi auf, als er kurz darauf wieder triefend vor ihnen stand.

„Sorry, aber ich muss leider gehen", erklärte Steffi und fing an, ihre Sachen einzupacken. „Hab' in zwanzig Minuten einen Zahnarzttermin!" „Kann ja jeder sagen!", spottete Manuel. „Du willst dich nur vorm Springen drücken!" „Wir können gerne tauschen!", entgegnete Steffi und blickte Manuel herausfordernd an. „Sie muss wirklich zum Zahnarzt!", schaltete sich nun Tina, Steffis beste Freundin und eher ein *stilles Wasser* in die Auseinandersetzung ein. „Das ist echt keine faule Ausrede."

„Dann musst eben du den Ruf der Mädchen retten und springen!", deutete Manuel auf Tina. „Um zu beweisen, dass Weiber nicht feige sind!"

Tina konnte den großspurigen Manuel ohnehin nicht besonders gut leiden, aber wenn er von Mädchen als *Weiber* redete, packte sie stets eine leise Wut. „Das sind doch bloß billige Sprüche, die du da ablässt!", versuchte sie ihn von seinem unangenehmen Vorschlag abzulenken. Allerdings ohne Erfolg. Manuel blieb hartnäckig. „So billig können sie gar nicht sein, wenn ihr nicht springt und ich damit recht behalte!"

Dem war nichts entgegenzusetzen, musste Tina leider eingestehen. Wahrscheinlich wäre das Thema dann auch erledigt gewesen, wenn Manuel nicht auf seine bekannt boshafte Art nachgelegt hätte. „Weiber sind eben wirklich nur Menschen zweiter Klasse, schwach und feige!"

„Komisch, dass du dann ein knappes Jahr mit so einem minderwertigen Exemplar befreundet gewesen bist!", parierte Steffi, mittlerweile fast fertig angezogen und abmarschbereit, Manuels hässliche Attacke. „Oh, Entschuldigung!", fügte sie scheinheilig hinzu. „Ich habe ja völlig

111

vergessen, dass Valerie mit dir Schluss gemacht hat!"

Gespannte Stille. Wie würde Manuel auf Steffis schmerzlichen Hinweis reagieren? Bis vor zwei Wochen waren Manuel und Valerie das Traumpaar der Schule gewesen. Er, der beliebte Sportsmann und Entertainer, und Sie, die bildhübsche Tochter eines wohlhabenden Unternehmers. Bis Valerie Manuel für einen anderen den Laufpass gegeben hat. Dass ihr Neuer bereits Student war und ein schnittiges Cabriolet fuhr, hat Manuels Selbstbewusstsein – 17jähriger nicht motorisierter Schüler – nicht gerade gut getan. Da die Clique in seiner Gegenwart bisher tunlichst das Thema Valerie vermieden hatte, musste ihn nun Steffis Frontalangriff gehörig wehtun.

„Valerie war ja auch was Besonderes", erwiderte Manuel erstaunlich ruhig. „Sie traut sich, vom Fünfer zu springen!" Touché! Gut gekontert, dem konnten die anderen nichts hinzufügen, da sie alle mit eigenen Augen Valeries bewunderns-werte Sprünge gesehen hatten. Bis vor zwei Wochen eben. Seit zwei Wochen turtelte Valerie nämlich mit ihrem Neuen an einem anderen lauschigen Plätzchen auf der Liegewiese. Von ihrem Stammplatz zu Manuels Qual leider herrlich einsehbar.

„Scheißweiber!", knurrte Manuel verärgert. „Feiges Pack!" Das gab Tinas sonstiger Zurückhaltung den Rest. „Blöder Macho!", beschimpfte sie ihn. „Ach ja?", höhnte Manuel mit seinem fiesesten Grinsen im Gesicht. „Dann spring doch, um die Ehre der holden Weiblichkeit wiederherzustellen!" „Werde ich auch!", kündigte Tina zur Überraschung aller – auch zu ihrer eigenen – an und lief mit raschen, von ihrer Wut beschleunigten Schritte zum Sprungturm.

„Mensch, Tina, mach kein Quatsch!", rief Steffi ihrer Freundin hinterher, wohl wissend, dass Tina für ein solch gewagtes Unternehmen der Mut fehlen wird und sie unter dem Gejohle Manuels wieder würde heruntersteigen müssen. Ein Situation, die sie ihrer besten Freundin allzu gerne ersparen würde. Doch Tina hörte ihr Rufen nicht mehr oder wollte es nicht hören. „Verdammt, ich muss los!", rief Steffi nach einem Blick auf ihre Uhr aus. „Tina, komm zurück!" Ihr verzweifelter Ruf war jedoch vergebens.

„Ich werde mich um sie kümmern", versprach nun Enno und schaute Steffi beruhigend an. „Ich kriege das schon hin, keine Angst!" „Danke", wandte sich Steffi erleichtert an Tinas vermeintlichen Retter. „Zum Glück sind nicht alle so bescheuert wie Manuel!" Was durchaus stimmte, denn Enno war bei gleichem Alter doch wesentlich vernünftiger und besonnener als seine Kumpels. So wie jetzt, als Manuels Provokation kein Spaß mehr bedeutete und Tina in eine schwierige Situation gebracht hatte.

„Es ist viel höher, als ich gedacht habe", begrüßte ihn wenig später das Opfer, zitternd auf der Plattform stehend. „Du musst nicht springen, Tina", redete Enno auf seine verängstigte Klassenkameradin ein. „Du kannst jederzeit wieder die Leiter hinunter, ohne zu springen. Du wärest wirklich nicht die Erste, die es sich hier oben anders überlegen würde."

„Und alle würden mich auslachen!", stieß Tina bitter hervor. „Nicht alle, nur die Dummen!", wandte Enno ein.

„Diesen Triumph gönne ich dem blöden Manuel aber nicht!"

„Vergiss Manuel! Der ist es doch gar nicht wert, dass du dich eine Sekunde über ihn aufregst!"

„Er würde mich ewig mit dieser Geschichte aufziehen!"

„Na, und? Komm, lass uns jetzt gemeinsam wieder hinuntersteigen", forderte Enno sie behutsam auf.

„Du würdest mitkommen?", fragte Tina und starrte Enno ungläubig an. So viel Rücksichtnahme hatte sie nicht erwartet.

„Was wär schon dabei?" Gleichgültiges Schulterzucken.

„Das möchte ich dir aber nicht antun", meinte Tina.

„Wenn du mein Angebot nicht annehmen willst, musst du wirklich springen."

„Gut." Tina holte tief Luft. „Und zur Belohnung bekomme ich ein gigantisch großes Selbstbewusstsein und einen legendären Ruf an der Schule."

Enno lachte. „Und von mir bekommst du ...“

Was er ihr ins Ohr flüsterte, wird ihr Geheimnis bleiben, aber es muss was Tolles gewesen sein, denn Tina ging nach seinem Versprechen entschlossen zum Rand und sprang in die Tiefe.

„Halten die da oben einen Kaffeeplausch, oder was?“, fragte Manuel in diesem Moment den Rest der Clique, die alle Tina und Enno erwartungsvoll beobachteten. „Was haben die beiden nur die ganze Zeit zu quatschen?“

Plötzlich kam Bewegung auf den Sprungturm.

„Ich pack's nicht! Die springt tatsächlich!“

Geheimnisvoll verschleiert

„Warum müssen solche Missgeschicke immer mir passieren!", jammerte Jule verbittert und schmiss enttäuscht ihr hautenges silberfarbenes Minikleid in die Ecke. „Das kann ich jetzt ja wohl vergessen!"

Sie hatte ursprünglich ihre langen Haare mit Hilfe von Papilloten in eine üppige Lockenpracht verwandeln und sich kunstvoll mit viel weißer Farbe und Glitter schminken wollen, um dann als atemberaubende Schönheit möglichst vielen Jungen auf dem Faschingsball ihrer Schule den Kopf zu verdrehen. Genau genommen hätte ihr bereits Axel aus der Parallelklasse vollkommen gereicht. In den war Jule nämlich schon länger verknallt. Heimlich und unglücklich. Nicht einmal Amelie hatte sie ihr süßes Geheimnis anvertraut. Die hätte nur wieder Schicksal spielen und sich als Kupplerin betätigen wollen. Und darauf konnte Jule seit dem peinlichen Flop vom letzten Mal mit Tom gut verzichten. Nein, danke! Eher würde sie sich die Zunge abbeißen, als Amelie zu erzählen, dass sie den Axel mit seinem blonden Stoppelhaarschnitt und den sanften blauen Augen unheimlich süß fand und nachts sogar schon von ihm träumte. Und das waren ziemlich aufregende Träume! Bestimmt hätte ihr knalliger Space-Look seine Aufmerksamkeit erregt. Und der Rest, da war sich Jule sicher, hätte sich schon irgendwie von selbst ergeben. Der Anfang war ihrer Meinung nach das größte Hindernis.

„Verdammt, verdammt, verdammt!", machte sie ihrem Frust und ihrer Verärgerung Luft und fegte die unschuldigen, bereits vorbereiteten Papilloten mit einer ungestümen Handbewegung von ihrem Schreibtisch. „Wir haben nur noch eine drei viertel Stunde! Sag mir bitte, welche Verkleidung in der kurzen Zeit noch hinzukriegen ist!", wandte sich Jule verzweifelt an Amelie, die bereits fertig kostümiert war und das perfekte Marilyn-Double abgab. „Wohlgemerkt, ein Kostüm, das toll aussieht!" Jule spuckte das Wörtchen toll geradezu aus.

Amelie blickte ihre bedauernswerte Freundin mitleidig an. Das war wirklich Pech. Ausgerechnet heute, wo sie sich drei Stunden vor Beginn der Veranstaltung bei Jule zu Hause verabredet hatten, um sich in aller Ruhe stylen zu können, ausgerechnet heute, musste der Zug, mit dem Jule nach ihrer wöchentlichen Klavierstunde stets aus der Stadt zurückfuhr, wegen eines technischen Defekts eineinhalb Stunden Verspätung haben. Da Amelie sich die Wartezeit damit vertrieben hatte, sich anzuziehen, zu schminken und zu frisieren, war sie nun fertig, während Jule immer noch in Jeans und Pulli vor ihr hockte und wie ein Häufchen Elend wirkte.

„Jetzt hol´ mal sämtliche Faschingskostüme, die es im Hause Schneider gibt, das wäre doch gelacht, wenn da keine passende Alternative für dich dabei wäre!", forderte Amelie ihre total frustrierte Freundin auf. „Und wenn wir zehn Minuten zu spät kommen, ist das auch kein großes Unglück!"

„Wie wär´s denn damit?", schlug Amelie zehn Minuten später vor, nachdem sie sich durch den von Jule angeschleppten Kostümberg zu ihren Füßen durchgekämpft hatte, und hielt ihr zwei orangefarbene, glänzende Satinteile unter die Nase.

„Als Haremsdame? Na ja, ich weiß nicht ...", zögerte Jule.

„Das ist doch ideal!", begeisterte sich Amelie für das orientalische Kostüm. „Du würdest nicht nur verführerisch aussehen, sondern du könntest auch gleich deine Haare unter dem Schleier verstecken, sodass wir dich nicht erst umständlich frisieren müssten! Wo ist nur der Schleier?" Amelie verschwand eifrig wühlend in den Stoffen, bis sie triumphierend mit dem hauchzarten nachtblauen Schleier in der Hand wieder auftauchte.

„Vielleicht ist deine Idee gar nicht so schlecht!", stimmte Jule nach kurzer Überlegung zu. „Jedenfalls würde sich das Schminken in Grenzen halten." Langsam konnte sie sich mit dem Gedanken durchaus anfreunden, statt als coole SciFi-Frau aufzutreten in die Rolle der verführerischen Haremsdame zu schlüpfen.

„Und in deinen Bauchnabel kleben wir dir einen Strassklunker, das wird total klasse aussehen!" Amelie war bereits Feuer und Flamme für ihre Idee und verwandelte Jule in schlappen 35 Minuten in eine umwerfende und überaus geheimnisvolle Schönheit aus Tausendundeiner Nacht.

Als Jule vor dem Gehen einen prüfenden Blick auf ihr Spiegelbild warf, war sie mit dem Ergebnis hochzufrieden und trauerte dem verpassten Space-Look keine Sekunde mehr nach.

„Sorry, aber ich brauch mal ´ne Pause!", verabschiedete sich Amelie von Jule auf der überfüllten Tanzfläche und steuerte gierig den Getränkeverkauf an.

Da gerade die ersten Takte ihres absoluten Lieblingssongs ertönten, verzichtete Jule darauf, ihre Freundin zu begleiten, und gab sich statt dessen lieber weiterhin dem Tanzvergnügen hin. Bei den vertrauten und von ihr so sehr geliebten Klängen vergaß sie ihre Umgebung und tanzte so ausgelassen, wie sie es zu Hause auch stets bei diesem Lied tat, wenn ihr niemand dabei zuschaute. Mit jedem Takt versank Jule tiefer in die Musik und ließ ihren Körper die Kontrolle über ihre Bewegungen übernehmen. Ihr Tanz war der Sieg des puren Gefühls über den nüchternen und oft nur einengenden Verstand. Ihre Hüften wiegten sich im Rhythmus der Musik, ermuntert durch das passende Kostüm, wesentlich intensiver als sonst. Dass sie mit ihrem selbstvergessenen Tanz die Aufmerksamkeit vieler Zuschauer und Mittänzer auf sich zog, bemerkte Jule nicht. Sie gab sich völlig dem Gefühl des Losgelöstseins hin und kehrte erst mit Ende des Songs in die Wirklichkeit zurück.

Zu ihrer Überraschung stand Jule plötzlich direkt ihrem Schwarm gegenüber. Axel musste sich ihr während ihres entrückten Tanzes genähert haben, ohne dass sie es bemerkt hatte. Sie hatte bis zu diesem Zeitpunkt vergeblich Ausschau nach ihm gehalten, ohne ihn jedoch in dem wilden Getümmel und bunten Treiben ausfindig machen zu können. Und würde sie nicht in ihrer Verliebtheit jedes noch so winzige Detail seines Äußeren aufgenommen haben, dann hätte sie Axel auch nicht erkannt. Lediglich das kleine Muttermal auf seinem rechten Handrücken verriet seine Identität. Der Rest von ihm war nämlich geschickt unter einer Zorromaske und einem riesigen Hut versteckt.

Jule war froh, als die Musik wieder einsetzte, denn die unvermittelte Nähe ihrer Flamme hatte ihr ziemlich weiche Knie verschafft und ihrer Selbstbeherrschung einiges abverlangt, um ihre innere Erregung nicht nach außen hin zu verraten. Doch ihre Erleichterung war nur von recht kurzer Dauer, denn nun hatte der DJ eine langsame Ballade aufgelegt. Eine willkommene Schmusegelegenheit für Pärchen, aber der blanke Horror für Solisten. Nichts wie weg hier! Jule wollte gerade fluchtartig die Tanzfläche verlassen, als sie eine Hand an ihrer Schulter spürte. Erstaunt drehte sie sich um und blickte direkt in Axels Gesicht, oder besser gesagt in Zorros Maske. „Darf ich bitten?", fragte er formvollendet und machte dabei vor Jule einen schwungvollen Diener, was mit seinem weiten Umhang einen dramatischen Effekt ergab.

„Gerne, Axel", hauchte sie lächelnd und freute sich diebisch über Axels überraschte Reaktion.

„Wie hast du mich nur erkannt?", fragte er verwundert. „Niemand weiß, wie ich mich verkleidet habe. Nicht einmal Daniel habe ich mein Kostüm verraten!" Daniel war Axels bester Freund und sie hingen in ihrer Freizeit beinahe ständig zusammen, wie Jule nur allzu gut wusste. „Und wer bist du?"

„Verrate ich nicht!", lachte Jule, während sie sich von Alex behutsam führen und drehen ließ. „Nenn mich einfach Salomé!"

„Jetzt tanze ich mit dem verführerischsten Mädchen des gesamten Balles, verliere mich hoffnungslos in ihren funkelnden, dunklen Augen und soll nicht wissen dürfen, mit wem ich das Vergnügen habe?", jammerte Axel theatralisch, was Jule nur noch mehr lachen ließ.

Obwohl sie noch die nächste Stunde ununterbrochen miteinander tanzten, blieb Axel über seine Partnerin weiterhin im Unklaren. Am nächsten Tag ärgerte er sich über seine Unbeholfenheit und schalt sich einen Idioten, der seine Traumfrau unerkannt hatte verschwinden lassen.

Am nächsten Montag, dem ersten Schultag nach dem Faschingsball, stand Axel hinter Jule in der Reihe vor dem Verkaufsstand beim Hausmeister. Als Jule die erforderlichen Münzen für ihre beiden Käsebrötchen auf die Theke zählte, fiel sein Blick auf ihre linke Hand, in der sie ihren Geldbeutel hielt. Dieser Ring! Wo hatte er diesen auffälligen Ring schon mal gesehen? Plötzlich fiel es ihm wieder ein. Rasch orderte er seinen Kakao und stürzte der davonschlendernden Jule hinterher. Er erreichte sie in dem Moment, als sie Amelie ihr Käsebrötchen gab.

Die staunte nicht schlecht, als mit einem Male ein abgehetzt wirkender Axel sich vor ihr und Jule aufbaute, ihre Freundin mit einem seltsamen Blick anstarrte und sagte: „Du bist Salomé!"

Jule fragte leise. „Wie hast du das herausgefunden?"

„Der Ring", deutete Axel auf ihre Hand, „du hattest ihn auch am Freitag getragen!"

„War wohl eine Spur zu leichtsinnig von mir", meinte Jule und schaute verlegen auf den Boden, weil sie befürchtete, bei einem Blick in Axels Gesicht würde sie rot anlaufen.

„Nein, das war mein Glück", widersprach Axel, „sonst hätte ich dich niemals gefunden! Und es gab nichts, was ich nach dem Ball mehr wollte!"

Obwohl sie nur Bahnhof verstand und keinen blassen Schimmer hatte, was sich da gerade zwischen den beiden abspielte, verdrückte sich Amelie möglichst unauffällig und ließ Jule mit Axel allein. Sie spürte nämlich, dass da etwas Besonderes stattfand und was das genau war, würde ihr Jule später sicher gerne erzählen.

Die bekehrte Babysitterin

„Muss ich denn unbedingt mit zu dieser blöden Betriebsfeier?", maulte Inka genervt. „Ich würde viel lieber zu Vanessas Party! Auf die habe ich mich schon so lange gefreut!"

„Die Diskussion hatten wir bereits am Wochenende", erklärte ihr Vater bestimmt. „Du kommst mit wie alle Kinder der eingeladenen Mitarbeiter. Marie kommt ja auch mit. Ohne jegliches Herumzicken!" Marie war Inkas jüngere Schwester. Acht Jahre alt und meistens eine gehörige Nervensäge, die entweder neugierig in Inkas Privatleben herumschnüffelte oder sie als ihre persönliche Entertainerin beanspruchen wollte.

„Marie!", rief Inka verächtlich aus. „Marie ist ja auch ein Kind! In ihrem Alter fand ich solche Feste auch noch toll. Weil ich eben nichts Besseres vorhatte. Aber mit 16 gibt es wichtigere Dinge als langweilige Betriebsfeste!"

„Durchaus", erwiderte ihr Vater ungerührt, „nämlich die Einsicht in familiäre Verpflichtungen. Du wirst mitkommen. Basta."

„Scheiß Verpflichtungen!", entfuhr es der wütenden Inka.

„Inka!", rügte ihr Vater die Wortwahl seiner Tochter und zog dabei die Stirn in tiefe Falten. Ein Gesichtsausdruck, der Inka in jahrelanger Erfahrung gelehrt hatte, dass Alarmstufe Rot im Anmarsch war und sie doch lieber den Rückzug antreten sollte.

„Vielleicht wird es ja viel netter, als du es dir jetzt vorstellst", schaltete sich nun ihre Mutter in die Auseinandersetzung ein. „Grillen macht doch Spaß! Am Abend kannst du dann tanzen. Außerdem gibt es keine Sitzordnung, sodass du freie Wahl bei den Leuten hast."

„Was mir bei dem tollen Angebot an Greisen und Babys unheimlich viel bringt!", murrte Inka. Dass sie mit den *Greisen* automatisch ihre Eltern mit einschloss, war ihr in diesem Augenblick überhaupt nicht bewusst.

Doch ihr Vater überging diese indirekte Beleidigung seiner Ältesten, weil er noch einen bitteren Nachschlag für sie parat hatte. „Da wäre noch was, Inka", begann er vorsichtig mit seiner unangenehmen Eröffnung. „Ich habe Frau Marquard, der neuen Mitarbeiterin aus der Buchhaltung, versprochen, dass du dich ein bisschen um ihren Sohn Timmy kümmerst. Ihre Familie hat bisher noch nicht viele Bekanntschaften geschlossen. Sie hat mich extra darum gebeten."

„Na toll!", stöhnte Inka gefrustet und bedachte ihren Vater für seine Eröffnung mit einem zornigen Augenfunkeln. „Jetzt verpasse ich nicht nur Vanessas Fete für ein spießiges Firmengrillen, sondern habe auch noch zwei Nervensägen am Hals. Marie und diesen Timmy! Da kann ich mich ja gleich einsargen lassen!"

Zumindest der köstliche Duft, der ihnen von der Grünanlage hinter den Bürogebäuden entgegenwehte, versprach Inka einen kleinen Trost. Wenn sie schon in diesen sauren Apfel beißen musste, dann wollte sie wenigstens dadurch entschädigt werden, dass sie etwas Ordentliches zwischen die Zähne bekam. Das leckere Aroma nach Grillfleisch umwehte verführerisch Inkas Nase und ließ ihr umgehend das Wasser im Munde zusammenlaufen. Als ihr auch noch prompt der Magen knurrte, entschied sie sich dafür, sich sofort um ihr leibliches Wohl zu kümmern. Bevor Frau Marquard sie in die Finger bekam. Deren verzogener Balg Timmy konnte warten. Inka steuerte zielstrebig auf den beeindruckend großen Barbecue-Grill zu und überlegte gerade, ob sie lieber ein Steak oder eine Hähnchenkeule nehmen sollte, als sie plötzlich einen Blick auf den „Grillmeister" erhaschte.

Bei seinem umwerfenden Anblick blieb sie wie angewurzelt stehen. Wow, der Typ sah vielleicht klasse aus! Altersmäßig gab sie ihm 17 oder 18, wahrscheinlich noch in der Ausbildung. Er war vielleicht einen Kopf größer als sie und ziemlich gut durchtrainiert, was seine imposanten, nackten Oberarme verrieten. Unter einer Baseballkappe quollen dunkelbraune Locken hervor, die auf geschickte Weise von seiner etwas zu groß geratenen Nase ablenkten.

Beim Gedanken an ihren eigenen kümmerlich dünnen Blondschopf seufzte Inka leise auf ob dieser tollen Lockenpracht. Na ja, dafür hatte sie eine ordentliche Figur und nicht so viele Pickel wie ihre Altersgenossen. Man kann eben nicht alles haben! So, jetzt noch einmal tief Luft holen und dann ran an das Traumexemplar!

Hoffentlich würde sie sich vor Aufregung nicht verhaspeln oder gar ins Stottern geraten!

„Ich habe tierischen Kohldampf, weiß aber nicht, was ich nehmen soll!", eröffnete Inka das Gespräch. „Was würde denn der Chefkoch selbst empfehlen?"

„Der Chefkoch würde die knusprigen Chicken Wings oder das Lammkotelett empfehlen!", lachte der jugendliche Grillmeister vergnügt und blickte Inka direkt in die Augen. Seine unglaublich grünen Seen machten ihre ehemals festen Knie plötzlich butterweich. Rasch senkte Inka den Blick, um die aufsteigende Röte in ihrem Gesicht zu verbergen, und deutete auf das größte der brutzelnden Lammkoteletts. „Ich hätte gerne dieses, wenn es fertig ist!"

„Ist es garantiert", versicherte der sympathische Grillmeister und händigte Inka das gewünschte Fleisch aus. „Wünsche einen guten Appetit! Aber den scheinst du ja ohnehin zu haben!" Ein kurzes Lachen und schon war sein nächster Kunde König.

Was für ein sympathischer Junge! Inka war hin und weg. Vielleicht hatte sie später noch die Gelegenheit zu einem kleinen Flirt mit ihm. Später, wenn die Marquards mit ihrem kleinen Timmy abgezogen waren und sie von ihren lästigen Babysitterpflichten befreit wäre.

„Da ist sie ja!", vernahm Inka die Stimme ihres Vaters. „Inka, hallo, hierher!" Gehorsam drehte sich Inka in die Richtung, aus der das Rufen kam, und ging, ganz die brave Tochter, auf die Gruppe ihrer Eltern zu.

„Das ist unsere Inka!", stellte Vater sie dem Ehepaar neben sich vor. „Und das sind Herr und Frau Marquard!" Inka schätzte die Marquards einige Jahre älter als die eigenen Eltern ein. Der arme Timmy war neben einer überfürsorglichen Mutter auch noch mit einem extrem alten Exemplar gesegnet. Inka bedauerte insgeheim den kleinen Kerl. Wo steckte dieser Timmy eigentlich? Marie war noch folgsam an Mutters Seite. Doch von Timmy keine Spur.

„Guten Tag!", begrüßte Inka höflich die Marquards und reichte ihnen die Hand.

„Hallo Inka! Was für ein hübsches Mädchen du bist!" Auch wenn Inka diesen Standardspruch von sämtlichen Kollegen ihres Vaters oder Eltern ihrer Freunde zu hören bekam, konnte sie sich noch immer über dieses nette Kompliment von Herrn Marquard freuen. „Hallo Inka!" Frau Marquard sparte sich sonstige Höflichkeitsfloskeln und blickte sich stattdessen suchend um. „Ich kann unseren Timmy nirgends sehen! Ich möchte nur wissen, wo der Junge schon wieder steckt!"

„Ich hab ihn!", verkündete Herr Marquard, nachdem er mit seinen Augen rasch das Gelände überflogen hatte. „Er ist am Grill!" Inka schaute neugierig zum Grill, konnte dort aber keinen klcinen Jungen entdecken.

„Timmy!", rief Frau Marquard mit schriller Stimme. „Das gibt doch Fettflecken, wenn du nicht aufpasst! Dass dieser Junge sich auch gleich so ins Getümmel stürzen und den Grillmeister spielen muss!" Verständnisloses mütterliches Kopfschütteln.

Langsam fiel bei Inka der berühmte Groschen. „Dann werde ich mich mal wie versprochen um

Ihren Timmy kümmern, Frau Marquard!",
grinste sie und schlenderte Richtung Grill.

Wo ein unglaublich süßer Lockenkopf und ein
vielversprechender Nachmittag auf sie warteten.

Der Rosenkavalier

„Und?", blickte Sarahs Vater seine Frau fragend an, als sie aus dem Zimmer ihrer Tochter zurückkam. „Sie hat überhaupt nichts angerührt, nicht einmal den Pudding! Sie weint in einem fort. Ich frage mich, wo sie die Unmengen an Tränen herbekommt!"

„Das ist dieser eingebildete Schnösel überhaupt nicht wert!", brummte Herr Seibold ärgerlich. Doch seine Frau entgegnete: „Mario war eben ihre erste große Liebe gewesen!"

Und diese große Liebe hatte gestern nach der Schule wegen der im Vergleich zu Sarah deutlich blonderen und oberweitenmäßig besser ausgestatteten Sina aus der Klasse unter ihnen mit Sarah Schluss gemacht. Seitdem hatte sie sich in ihrem Zimmer verkrochen und Rotz und Wasser geheult. Sehr zum Leidwesen ihrer Mutter, die ihre Tochter in ihrem Kummer so gerne trösten wollte, aber nicht wusste wie. Bisher waren alle Versuche fehlgeschlagen.

„Wie können wir sie nur wieder aufmuntern?", überlegte sie laut. „Ich habe da so eine Idee", deutete Sarahs Vater gerade an. „Ich werde mich morgen darum kümmern."

„Das Fahrrad auf diesem Foto, kriegen Sie das hin?" Der Herr im besten Alter und in einem dunklen Anzug schob Ben sein Smartphone mit dem entsprechenden Bild über die Verkaufstheke.

„Das kostet allerdings extra, sozusagen als Zustellgebühr!", verlangte Ben von seinem merkwürdigen Kunden. „Am Geld soll es nicht scheitern. Das reicht wohl für die ersten beiden Aufträge!", meinte der Herr und gab Ben einen Geldschein. „Also, die eine heute Abend, Parkallee 18, und die zweite morgen am Fahrradunterstand der Schillerschule, aber nicht während der Pause, die ist zwischen halb Zehn und Zehn. Verstanden?" Für wie blöd hält der mich eigentlich, dachte Ben, antwortete geschäftstüchtig mit einem freundlichen Ja und öffnete seinem seltsamen Kunden beim Gehen die Ladentür.

So ein komischer Auftrag war Ben während der drei Wochen, seit er im Blumengeschäft seiner älteren Schwester aushalf, um sich ein paar Euro für sein Studium dazuzuverdienen, noch nicht untergekommen! Er sollte heimlich eine einzelne Rose an einem Damenfahrrad befestigen. Das unter anderem an einer Schule stand! Was finden die jungen Dinger an so alten Knackern nur interessant? Wahrscheinlich die Kohle, was anderes konnte sich Ben nicht vorstellen.

„Und du hast keine Ahnung von wem?", erkundigte sich Verena neugierig bei Sarah. Ihre Freundin hatte ihr gerade erzählt, dass sie am Morgen an ihrem Fahrrad, das sie wie jeden Tag hinter dem Haus abgestellt gehabt hatte, eine wunderschöne rote Rose gefunden hatte. „Dein Verehrer hat jedenfalls Geschmack", fuhr sie anerkennend fort und schnupperte an der Rosenblüte, die Sarah an ihrem Rucksack befestigt hatte. „Wer weiß, vielleicht finde ich jetzt an meinem Drahtesel auch eine!" Verena lachte und rannte los, zu der Ecke, an der sie und Sarah seit zwei Jahren ihre Räder im Fahrradunterstand der Schule stehen hatten.

„Mensch, Sarah, schau mal!", empfing sie ihre Freundin, die mit etwas Verspätung bei ihr eintraf, und deutete auf den Gepäckträger an Sarahs Fahrrad. Dort klemmte erneut eine prächtige rote Rose. Daniela nahm die Blume verwundert in die Hand und überlegte gerade, wer denn ihr unbekannter Rosenkavalier sein könnte, als ihr Ex Mario auftauchte und sie fröhlich angrinste. „Na, wieder alles in Ordnung?"

Das war zu viel für Sarah. „Diesen Schwachsinn kannst du dir sparen, verarschen kann ich mich selbst!", rief sie wütend, zerrte die erste Rose aus ihrem Rucksack und warf die beiden Blumen dem verdutzten Mario vor die Füße. „So ein Scheißkerl!", schimpfte sie nicht nur während der gesamten Heimfahrt, sondern auch noch beim Essen, als sie sich bei ihren Eltern über den geschmacklosen Streich ihres Verflossenen erboste.

„Morgen soll dieser Brief dabei sein", reichte der Herr Ben einen apricotfarbenen Umschlag. „Wieder an der Schule."

Neugierig zog Ben die Karte heraus, als sein Kunde das Blumengeschäft wieder verlassen hatte und draußen außer Sichtweite war. *Für das bezauberndste Mädchen auf der Welt!* stand da mit Füller geschrieben. Der Alte trug aber mächtig auf! Anscheinend zog das bei seiner kleinen Lolita! Langsam wurde Jochen neugierig auf die Empfängerin der heimlichen Blumengrüße. Er würde heute während seiner Mittagspause an der Schule warten, um die geheimnisvolle Angebetete endlich einmal kennenzulernen.

„Kennst du die Schrift?", erkundigte sich Verena bei Sarah, die zum wiederholten Male das tolle Kompliment las, das heute der Rose beigefügt war. „Ist es Mario?" „Nein, auf keinen Fall, manche Buchstaben kommen mir zwar vertraut vor, aber ich kann sie nicht einordnen." „Das ist ja furchtbar romantisch", schwärmte Verena und rollte verzückt mit den Augen. „Da kann man ja richtig neidisch werden!"

Als Ben endlich das wohlbekannte gelbe Fahrrad mit dem kleinen Stoffhündchen am Lenker erkannte, konnte er die Begeisterung seines Kunden nur zu gut verstehen. Das Mädchen war ja wirklich eine ausgesprochen süße Maus!

Eine Woche später brachte Sarah zur Verwunderung ihres Vaters nicht nur die tägliche einzelne Rose, sondern gleich einen gesamten Wiesenblumenstrauß von der Schule mit nach Hause. „Er hat seine Telefonnummer beigelegt!", rief sie mit vor Aufregung geröteten Wangen und heftigem Herzklopfen. „Ich bin ja so neugierig, wer sich hinter den vielen schönen Blumen verbirgt!" „Das bin ich allerdings auch", meinte Herr Seibold, der mit den letzten fünf Blumenlieferungen nichts mehr zu tun hatte.

„Du brauchst wirklich keine Angst zu haben, meine Eltern beißen nicht!" Sarah zog Ben, der am Gartentor stehen geblieben war, ungeduldig am Ärmel. „Komm schon, wir wollen sie nicht unnötig warten lassen!"

Auf ihr erstes Telefongespräch, das gleich zwei volle Stunden gedauert hatte, waren zahlreiche weitere gefolgt, im steten Wechsel mit persönlichen Treffen zu gemeinsamen Unternehmungen. Rad fahren, Eisdiele, Kino, Schwimmen, sogar Spaziergänge, etwas, das Sarah eigentlich verabscheute, mit Ben jedoch plötzlich traumhaft schön fand.

Da sich Sarah Hals über Kopf in Ben verliebt hatte, und er sein Glück kaum fassen konnte, hatte er ihr nie von dem älteren Herrn erzählt, in dessen Auftrag die ersten Rosen kamen.

Anscheinend war es zwischen den beiden aus, vermutete Ben, also konnte es ihm auch egal sein. Daher verzichtete er darauf, Sarah nachträglich darüber zu informieren und ließ sie in dem Glauben, dass sämtliche Blumen von ihm stammten und nicht nur die letzten Lieferungen vor ihrem Kennenlernen.

Heute wollte Sarah ihren Eltern ihren neuen Freund vorstellen. Diese platzten bereits vor Neugierde und waren dem Kandidaten wohlgesonnen, hatte er doch das Kunststück fertiggebracht, ihre todunglückliche Tochter wieder in ein strahlendes Mädchen zu verwandeln. Frau Seibold hatte extra die aufwendige Schokoladentorte gebacken, die es sonst nur an wichtigen Familienfesten gab.

„Das ist also der berühmte Ben!", begrüßte ihn Sarahs Vater kurz darauf und nur er allein wusste, weshalb Ben ihn mit einem derart entgeisterten Blick anstarrte, als würde er einem Gespenst und nicht einem guten Kunden gegenüberstehen ...

Ein dufter Typ

„Man hört sie nicht, man sieht sie nicht, aber man RIECHT sie!", schmetterte Kevin, das Großmaul der 9a, und erntete dafür das belustigte Gelächter seiner Mitschüler.

Es war Donnerstagmorgen, kurz vor acht Uhr im Klassenzimmer, wo die Meute die letzten kostbaren Momente vor Unterrichtsbeginn zu verzweifelten Lernversuchen, riskantem Abschreiben, Klatschgeschichten oder Blödeleien jeglicher Art nutzte.

Kevin war bekannt für seine coolen und meist auch fiesen Sprüche und seine Bemerkung bezog sich auf Alina, die neue Mitschülerin, die erst vor wenigen Wochen zu ihnen gestoßen war und bisher noch nicht sehr viele Freunde gefunden hatte. Was vielleicht auch daran lag, dass sie aus einem sehr wohlhabenden Elternhaus stammte, was sich in extrem teurer, allerdings überaus geschmackvoller Kleidung, perfekter Frisur und Make-up und eben auch der Verwendung eines kostbaren Parfüms äußerte. Und dass sich ein Mädchen in der Klasse regelmäßig und mit solch souveräner Selbstverständlichkeit parfümierte, hatte es bis zu Alinas Erscheinen nicht gegeben.

Kein Wunder, dass die Jungs blöde Kommentare abgaben, die außerdem nicht gerechtfertigt waren, denn Alina setzte ihren Duft stets sehr zurückhaltend ein. Ebenfalls kein Wunder, dass die Mädchen von so viel Perfektion eingeschüchtert und abgeschreckt wurden und sich daher Alina gegenüber bisher ziemlich zurückgehalten haben, um sich nicht als dumme Provinzgänse zu outen, die vom Leben einer tollen Frau keine Ahnung haben.

„Lieber ein Mädchen mit Designerduft als ein Kerl mit Eigenmarke!", entgegnete Nele in einer Mädchentraube auf Kevins hohle Bemerkung. Gerade laut genug, dass er es hören konnte, aber auch so leise, dass der Sprücheklopfer vor seinen Kumpels so tun könnte, als ob nicht und damit sein Gesicht zu wahren. Seinem bösen Blick und dem belustigten seines Banknachbarn Jannis nach – er zählte zu den sympathischeren Vertretern seines Geschlechts – entnahm Nele, dass ihre Verteidigung Alinas sehr wohl in der Herrenwelt angekommen war.

Nele war eine der wenigen, die offen zugab, dass sie Alina eigentlich recht nett fand. Insgeheim hätte sie auch nichts dagegen, Alina näher kennenzulernen, um sich mit ihr vielleicht sogar richtig anzufreunden. Alina könnte nämlich gut die Lücke ausfüllen, die ihre ehemalige Freundin Lena nach ihrem Umzug in eine süddeutsche Stadt hinterlassen hatte.

„Ich glaube, ich werde mir auch einen Duft zulegen!", meinte jetzt Tatjana, eines der Mädchen, die bei den übrigen den Ton angaben.

„Würde ich auch gerne, aber die sind leider sündhaft teuer!", seufzte Nele. „Dann musst du dir eben ein Parfüm schenken lassen!", erwiderte Annika, eine weitere Mitschülerin. „Für so einen Firlefanz in meinem Alter haben meine Eltern kein Verständnis!", bedauerte Nele.

„Natürlich von einem MANN!", belehrte sie Annika, worauf alle Mädchen im Kreis in herzhaftes Gelächter ausbrachen.

Dass dieses kurze Gespräch von der Jungenclique durchaus mit Interesse verfolgt worden war, konnten die Mädchen ja nicht ahnen.

Warum müssen die Verkäuferinnen in einer Parfümerie immer nur so verdammt gut aussehend sein? Und perfekt frisiert und geschminkt sowieso, dazu noch die angesagtesten Klamotten?

Nele fand das einfach ungerecht und sie hätte am liebsten auf der Stelle kehrtgemacht. Sie sollte ihrer Mutter eine bestimmte Creme besorgen, sündhaft teuer, aber Hoffnungen verkaufen sich auch zu horrenden Preisen, dachte Nele und fragte sich, ob sie als Frau in mittleren Jahren ebenfalls dem Jugendwahn verfallen würde. Sie wollte die Gelegenheit nutzen, an den Parfümproben der neuesten Düfte herumzuprobieren. Leisten konnte sie sich die teuren Wässerchen zwar nicht, aber ein wenig Testschnuppern durfte doch wohl noch erlaubt sein, oder?

Als sie mit dem Zettel in der Hand, auf dem der französische Name von Mamas Wundercreme stand, suchend die Regalreihen abklapperte, hörte sie plötzlich eine nur allzu vertraute männliche Stimme. Das war doch, nein, das konnte nicht sein, ER in einer Parfümerie?!? Vorsichtig lugte Nina um die Regalecke und tatsächlich, da stand ihr Klassenkamerad Jannis vor den Parfüms in Begleitung eines etwa gleichaltrigen Mädchens. Eines hübschen Mädchens, wie Nele zu ihrem Missfallen registrierte. Na ja, was hatte sie denn erwartet? War doch nur logisch, dass so nette Boys, wie Jannis einer war, auch eine Freundin hatten. Da ihr die Situation unangenehm war und sie auf ein Zusammentreffen mit dem Pärchen gerne verzichten wollte, hielt sich Nele weiterhin hinter ihrem schützenden Regal versteckt und beobachtete die beiden heimlich bei ihrem Einkauf.

Das war ja richtig romantisch! Erst sprühte Jannis dem Mädchen einen Duft auf die Hand, danach auf den Hals, um sich anschließend persönlich vom Ergebnis zu überzeugen und ein Urteil zu fällen. So schnupperte er erst an dem Handgelenk seiner Begleiterin, danach an ihrem Hals. Das Mädchen lachte, sicher, weil Jannis' Schnuppern sie kitzelte, vermutete Nele. Anschließend das Ganze umgekehrt. Die unbekannte Schöne besprühte Jannis und hielt ihr Näschen an seine betroffenen Körperstellen. Diese vertrauliche Szene versetzte Nele einen kleinen Stich und sie musste sich eingestehen, dass sie auf das unbekannte Mädchen an Jannis' Seite eifersüchtig war. Anscheinend hatte es erst dieses Erlebnisses bedurft, um sie über ihre Gefühle für Jannis aufzuklären. Ja, gab Nele zu, sie war verknallt in Jannis, aber leider vergebens, denn er schien ja bereits vergeben.

Schließlich hatten die beiden sich für ein Parfüm entschieden und kauften die Miniaturausgabe als Eau de Toilette des Duftes „Eden", wie Nele von ihrem Spähposten aus feststellen konnte. Der Mini-Flakon war okay, fand Nele, schließlich verfügten Jugendliche in ihrem Alter nicht über so viel Geld wie die Erwachsenen, die sich eben auch die großen Flakons für ihre Damen leisten konnten.

Ob der Name bei der Wahl wohl eine Rolle gespielt hatte? Eden, wie sinnig! Das Paradies. Nun, von dem war sie, Nele, ja meilenweit entfernt!

Eine Woche nach ihrem Parfümeriebesuch hatte Nele Geburtstag. Da in ihrem Klassenzimmer ein spezieller Kalender mit den Geburtstagen aller Schüler hing, konnte niemand aus seinem Festtag ein Geheimnis machen, sondern musste sich ihm, mit allem was dazu gehörte, stellen. Das Schöne waren die Glückwünsche der Klassenkameraden, die kleinen Geschenke der engeren Freunde und die Tatsache, am entsprechenden Tag von den lästigen Hausaufgaben befreit zu sein. Ein großzügiges Angebot ihres Klassenlehrers, der seinen Beitrag dazu leisten wollte, dass jedes Geburtstagskind seinen Ehrentag auch gebührend feiern konnte. Weniger schön bzw. etwas kostspielig war der „Brauch", dass das Geburtstagskind seinen Mitschüler etwas Leckeres ausgeben musste. Die Palette reichte hier über die obligatorischen Schaumküsse, Schokoriegel, Partygebäck oder selbst gebackenen Kuchen einer liebenden Mutter. Nele hatte sich für Schokomuffins entschieden und selbige am Vortag gemeinsam mit ihrer großen Schwester gebacken.

Alina war die erste Gratulantin. „Alles Gute zum Geburtstag!", wünschte sie und drückte Nina ein winziges Schächtelchen in die Hand. Das war doch die Gelegenheit! Komm, Nele, spring jetzt mal über deinen Schatten und sei nicht so schüchtern! „Hast du Lust, mich heute Nachmittag zu besuchen, um mir bei der Familien-Tortenschlacht beizustehen?", fragte Nele.

„Gerne!", freute sich Alina. „Aber ich warne dich, ich kann Unmengen von Kuchen verdrücken!" „Das dürfte bei der Backwut meiner Mutter das geringste Problem sein!", antwortete Nele. „Ich freue mich, dass du kommst!" Und ihre Freude war mindestens genauso echt wie die von Alina.

Als Nele daheim ihre Jacke auszog und an der Garderobe aufhängte, bemerkte sie, dass die aufgesetzte Brusttasche etwas ausgebeult war. Hatte sie etwa dort ihr blaues Stirnband hinein-gesteckt, nach dem sie schon seit Tagen verzweifelt suchte? Nein, es war etwas Hartes. Neugierig öffnete Nele den Reißverschluss und fand ein kleines Päckchen. Woher kannte sie nur das Geschenkpapier? Hastig wickelte sie das Päckchen aus. Vor ihr lag das Parfüm-Mini

„Eden" und ein Kärtchen mit der Aufschrift. „Für ein duftes Mädchen!" Neles Herz klopfte bis zum Hals. Jannis hatte den Duft für SIE, Nele, gekauft?!? Vorausgesetzt, Jannis war tatsächlich der anonyme Absender. Um das herauszufinden, musste sie ihn wohl selbst fragen.

Aufgeregt griff Nele zum Telefonhörer und wählte Jannis' Nummer, die sie längst auswendig kannte, aber bis zu diesem Zeitpunkt noch kein einziges Mal gewählt hatte. „Jannis Schubert." Nele atmete auf, bei seinen Eltern hätte sie vermutlich aufgelegt. „Vielen Dank für dein Geschenk!", erwiderte sie statt ihren Namen zu nennen.

„Oh, du bist's." Kurze Pause. Sicher ist er jetzt rot geworden. „Wie bist du so schnell auf mich gekommen?" – „Ich habe dich in der Parfümerie gesehen, als du den Duft gekauft hast. Zusammen mit einem hübschen Mädchen!", setzte Nele lauernd hinzu.

„Das war meine Cousine Michelle", erklärte Jannis. „Schließlich war ich ja auf fachmännische Unterstützung angewiesen!"

Wieder Pause. Komm, Nele, sei kein Feigling und fass dir ein Herz! „Wenn du willst, kannst du Alina und mir heute bei der Kuchenschlacht helfen. Ellen, Lara und Sascha kommen auch." Die Genannten gingen allesamt in ihre Klasse. „Wann?", erkundigte sich Jannis statt eines Ja. – „Um vier Uhr."

„Was dagegen, wenn ich schon eine Stunde früher komme?" Nele glaubte sich verhört zu haben. „Prima Idee! Bis gleich!" Beschwingt legte Nele auf und tanzt jubelnd durchs Zimmer, worauf ihr Kater Kasimir verschreckt das Weite suchte und in das Wohnzimmer flüchtete.

Warum hatte ihr bisher niemand gesagt, wie einfach es war, eine Verabredung zu treffen?

Dancing Queen

„Versprochen?" Alexandras eindringlicher Tonfall und Blick duldeten keinerlei Widerspruch.

„Versprochen", seufzte Laura mit wenig Begeisterung. „Prima!", freute sich Alex und verabschiedete sich wie immer mit einer kurzen Umarmung von ihrer besten Freundin. „Du wirst sehen, das gibt eine Riesengaudi. Die beste Party des Jahres!" Ihre Augen leuchteten vor Begeisterung. „Und dir wird es auch gut tun, endlich mal wieder aus deinem Schneckenhaus hervorzukriechen!" Ein liebevoller Knuff noch und dann ließ sie eine überrumpelte Laura zurück, die keine Zeit mehr gefunden hatte, auf ihre letzte Bemerkung eine entsprechende Antwort zu geben.

Vielleicht hatte Alex ja tatsächlich recht mit dem Schneckenhaus. Seit sie ihren Freund Niko, mit dem sie immerhin über ein Jahr zusammen gewesen war, bei einem Überraschungsbesuch mit einem anderen Mädchen äußerst beschäftigt auf einer Picknickdecke im elterlichen Garten erwischt und sich danach von ihm getrennt hatte, war Laura kaum mehr ausgegangen. Zu tief waren die Wunden, die diese demütigende und so unendlich schmerzhafte Erfahrung in ihre Seele gerissen hatten. So wollte sie nur noch ihre Ruhe haben und möglichst wenig zu tun mit anderen Leuten. Schon gar nicht mit Vertretern des männlichen Geschlechts. Auch den Anblick glücklich turtelnder Liebespaare konnte Laura nicht ertragen und so hatte sie sich immer stärker abgekapselt. Um sich vor unangenehmen Erlebnissen zu schützen und sich nicht unnötig zu quälen. Ihre Familie hatte sich zwar sehr um die unter Liebeskummer leidende Laura bemüht, aber außer ihrer besten Freundin Alexandra war niemand an sie rangekommen. Nur Alex konnte sie gelegentlich etwas aufmuntern und zu einer Unternehmung mitschleppen.

Darum konnte sie Alex am Samstag auch nicht enttäuschen. Denn sie und ihr Zwillingsbruder Simon wollten gemeinsam ihren 17. Geburtstag mit einer Mega-Fete feiern. Über 40 Leute sollten kommen! Es gab sogar eine Kleiderordnung: Für die Jungs waren Jeans verboten und „ordentliche" Hosen angesagt, während die Mädchen ein Kleid anziehen sollten. Der besseren Optik beim Tanzen wegen und natürlich auch passend zur Musik. Es war nämlich Oldie-Abend angesagt. Alte Hits im Original und aufgepeppte Rap- und Techno- versionen der betagten Songs. Eigentlich war Laura schon gespannt, wie der Abend verlaufen und beim Publikum ankommen würde. Wer weiß, vielleicht würde es doch ganz lustig werden?

„Na endlich, ich habe schon gedacht, du würdest mich hängen lassen!", rief Alex erleichtert aus, als sie Laura am Samstagabend die Tür öffnete. „Du bist tatsächlich schon die Letzte!"

Laura blickte kurz auf ihre Uhr. Zwanzig Minuten nach Acht. Um Acht hatte die Fete begonnen. Sie war absichtlich einen Tick zu spät gekommen, weil sie nichts mehr hasste, als bei irgendwelchen Veranstaltungen zu den ersten Gästen zu zählen und dann wahlweise doof herumstehen oder sich notgedrungen mit lausigen Gesprächspartnern abgeben zu müssen.

„Du siehst klasse aus!", bewunderte Laura ihre Freundin, die ein auffallend pinkfarbenes Kleid mit einem Petticoat trug und ihre schwarzen halblangen Haare originalgetreu zur damaligen Mode toupiert und die aufgebauschte Pracht mit viel Haarspray fixiert hatte. Sie selbst hatte sich für das pfirsichfarbene Kleid, das sie zu ihrem Tanzstundenabschlussball bekommen hatte, entschieden und ihre blonden Haare lediglich mit einem farblich abgestimmten Haarreifen verschönert. Das große Aufbrezeln lag Laura nicht, ihr reichte da schon das Theater bei ihren Auftritten.

„So, aber jetzt zur Schlacht ans kalte Buffet!", zog Alex ihre Freundin endgültig ins Haus. „Und anschließend die Kalorienberge brav abtanzen!" Sie lachte Laura fröhlich an. Die wiederum konnte nicht anders, als in Alexandras ansteckendes Lachen einzustimmen und sich danach von ihr zu den zahllosen Köstlichkeiten zerren zu lassen. Wenigsten war Alex so gnädig gewesen, ihr die endlose Vorstellerei bei den fremden Gästen zu ersparen.

Die Party war seit zwei Stunden in vollem Gange. Wie von Alex befohlen, hatte sich Laura zunächst mit etlichen verführerischen Leckereien von dem üppigen Buffet versorgt und sich dann mit einzelnen Leuten aus Alex' Bekanntenkreis unterhalten. Von Simons Seite kannte sie kaum jemanden, denn die Zwillinge besuchten unterschiedliche Schulen und gingen auch jeweils anderen Hobbys nach. Alex zog es mehr zum Sport, Simon dagegen zur Musik. Laura hatte bereits zwei seiner Bandmitglieder entdecken können und sie war sich sicher, dass auch der Rest der Gruppe anwesend war. Wenigstens hielt sich die Zahl der knutschenden Pärchen bisher in angenehmen Grenzen, stellte sie erleichtert fest. Doch sie vermutete, dass sich das zu fortgeschrittener Stunde garantiert ändern würde, wenn sich bei der lockeren Stimmung das eine oder andere neue Pärchen finden würde. Sie würde sicher nicht dazu gehören, war Laura überzeugt, denn sie hatte vor, nach einer angemessen langen Anwesenheit bald die Kurve zu kratzen und das feiernde Volk sich selbst zu überlassen. Die Veranstaltung würde ihren Verlust sicher verkraften können, bemerkte Laura für sich mit etwas Wehmut. Wenn auch nur ein klitzekleines Stück.

„Zeit für Party-Spiele!", übertönte plötzlich Simons mächtiges Organ das allgemeine Party-

Gemurmel, nachdem er zuvor bereits die Musik abgedreht hatte.

Die Reaktionen des Volkes reichten von vergnügtem Quieken bis hin zu genervtem Stöhnen. Erstere entstammten vornehmlich aus Damenmündern, die Missfallenslaute dagegen kamen fast nur von den Herren. Mit Ausnahme von Laura, der auch nicht gerade der Sinn nach ausgelassenen und meist ziemlich albernen Spielchen stand. Sie verfluchte sich innerlich, dass sie sich nicht schon längst verkrümelt hatte. Jetzt war es dazu natürlich zu spät, denn sie würde beim Davonschleichen auffallen wie ein bunter Hund. Nun gut, sie würde auch das irgendwie überleben!

„Die Spiele laufen über mehrere Runden", erklärte Alex gerade den mehr oder weniger freiwilligen Teilnehmern. „Und am Ende stehen dann zwei Sieger fest, die zusammen einen Preis gewinnen!" Überraschte Ahs und anerkennende Ohs. Wow, Preise! Das gab es auf Partys eher selten.

„Das Siegerpaar wird einen Gutschein für ein Drei-Gänge-Menü bei Enrico gewinnen!", verkündete Alex voller Stolz den großzügigen Preis. Die Ahs und Ohs wurden noch eine Spur lauter. Enrico war nämlich das teuerste italienische Restaurant in der Stadt und für normalsterbliche Teenager so gut wie unerschwinglich. Die Aussicht auf ein solch edles Vergnügen war sogar für die Spielemuffel eine echte Motivation. Nun würden sich sicher alle mächtig ins Zeug legen, vermutete Laura. Sie eingeschlossen.

„Als erstes müsst ihr Paare bilden!", befahl Simon der Gästeschar. „Immer ein Mädchen und ein Junge spielen zusammen. Ihr könnt euch eure Partner frei wählen!" Laura stöhnte in Gedanken. Klar, dass die Liebespaare zusammen blieben. Auch klar, dass die ersten Banden, die an diesem Abend geknüpft worden waren, nun vertieft werden würden. Pech für sie, dass sie bisher nicht mitgeknüpft hatte und zur gerechten Strafe bestimmt übrig bleiben würde! Laura blickte sich suchend um, konnte aber keinen „freien" Jungen mehr entdecken. Es sah ganz danach aus, als ob sie zur Zuschauerrolle verdammt wäre.

„Spielen wir beide zusammen?", hörte Laura plötzlich in ihrem rechten Ohr und wandte sich in die Richtung, aus der die fragende Stimme gekommen war. Sie blickte in das sympathische Gesicht eines Jungen, der ihr bisher noch nicht aufgefallen war, ihr aber irgendwie bekannt vorkam. Wo hatte sie diesen Schlaks mit dem braunen Wuschelschopf schon mal gesehen?

„Gerne!", hörte sie sich antworten, während sie weiter grübelte.

„Wir fangen mit dem Einzelspiel der Herren an", läutete Alex die Spielerunde ein und riss Laura damit aus ihren Gedanken. „Luftballonaufblasen!" Jubelrufe und Entsetzensschreie hallten nach dieser Ankündigung durcheinander.

Mads, so hatte sich Lauras Partner ihr noch kurz vorstellen können, bevor ihm Simon seinen Luftballon in die Hand gedrückt hatte, wurde stolzer Zweiter und ergatterte dafür 50 Punkte. In der anschließenden Damenrunde stand ihm Laura in nichts nach und holte beim Schaumkusswettessen ebenfalls den zweiten Platz. Wieder 50 Punkte. Damit lagen Laura und Mads bereits deutlich in Führung. Was würde ihnen nun im Partnerspiel abverlangt werden? Natürlich Tanzspiele!

Die erste Aufgabe der Tanzpaare bestand darin, einen aufgeblasenen Luftballon zwischen ihren Körpern möglichst schnell zum Platzen zu bringen. Da ihnen eine grinsende Alex einen nicht besonders prallen Luftballon, sozusagen als Handicap für das in Führung liegende Paar, gegeben hatte, den sie bei aller Anstrengung nicht kaputt kriegen konnten, wurden Laura und Mads diesmal nur Letzte und ihr Vorsprung schmolz dahin. Beim Orangentanz wurden sie vom Verfolgerpaar geschickt angerempelt und aus dem Verkehr gezogen. Nun war die Führung futsch. Schade! Laura hatte sich insgeheim schon auf einen netten Abend mit Mads bei Enrico gefreut. Ob sie beim letzten Spiel noch einmal das Ruder herumreißen könnten?

„Die letzte Aufgabe ist natürlich die schwierigste!", drohte Simon an und hatte plötzlich seine Eltern an seiner Seite stehen, die in der entscheidenden Runde die Rolle der Schiedsrichter übernehmen sollten.

„Ihr werdet zu einer vorgegebenen Musik tanzen, und meine Eltern die besten Darbietungen bestimmen!" Alex grinste. „Natürlich haben wir dazu einen extra schwierigen Tanz ausgesucht!", spannte sie die neugierigen Kandidaten auf die Folter. „Ein bayerischer Schuhplattler!", vermutete Jörg in seiner typisch witzigen Art. Allgemeines Gejohle. „Nein", lachte Alex schelmisch. „Viel schlimmer! TANGO!"

Entsetzensschreie all überall. Außer bei Laura, die in einem Tanzsportverein tanzte und daher sämtliche Standardtänze beherrschte. Sie bedauerte, dass sie nicht mit ihrem gewohnten Tanzpartner tanzen konnte, denn dann wäre ihnen der Sieg sicher gewesen. Mads sah nicht so aus, als ob er mit einem Tango sonderlich viel anfangen könnte.

Doch nach den ersten Takten wurde Laura eines Besseren belehrt und sie hätte vor lauter Verblüffung beinahe das Atmen vergessen. Mads konnte nicht nur die Grundschritte, sondern auch ausgefallenere Schrittkombinationen und viele Figuren. Außerdem war er der perfekte Führer, der seiner Partnerin stets sanft, aber dennoch bestimmt zeigte, was sie zu tun hatte. Laura gab sich völlig diesem unerwarteten Tanzgenuss hin, und so legten sie eine wahrlich heiße Sohle aufs Parkett. Gekrönt von einer dramatischen Schlusspose. Erst da merkte Laura, dass am Ende außer ihnen keiner mehr getanzt hatte, sondern alle ihnen gebannt zugeschaut hatten. Tosender Beifall holte sie wieder in die Wirklichkeit zurück.

„Der Sieg geht an Laura und Mads!", rief Alex mit zufriedener Miene und überreichte den beiden einen liebevoll verzierten Umschlag mit dem begehrten Gutschein. Sie gratulierte beiden und hauchte ihnen ein Bussi auf die Wange. Was sie Mads dabei ins Ohr flüsterte, konnte Laura nicht verstehen. Aber sie würde Alex später unbedingt danach fragen, denn Mads' Gesicht hatte anschließend eine deutlich rote Färbung angenommen.

Und Mads? Der würde Laura bei einer passenden Gelegenheit gestehen, dass er sich bei einem Wettbewerb seines Tanzsportclubs in das hübsche blonde Mädchen aus den Reihen seiner Gegner verliebt hatte und zusammen mit den Zwillingen, bei denen er Laura zufällig auf einem Klassenfoto von Alex entdeckt hatte, diesen Plan mit den Tanzspielen ausgeheckt hatte, um an seine Traumfrau heranzukommen.

Was das Tanzen betraf, passten er und Laura bereits optimal zusammen und den Rest würde er noch herausfinden ...

Wasserfest

„Na los, mach schon!", drängte Steffi ungeduldig und gab ihrer Freundin Ella einen aufmunternden Schubs. „Sie spielen gerade den neuesten Hit von den Peppermint Kings. Das ist doch Finns Lieblingsgruppe und somit die ideale Gelegenheit für dich!"

Ella blickte sehnsüchtig auf die Tanzfläche, die man extra für das Schulfest auf dem Sportplatz aufgebaut hatte. Der beliebte Song hatte viele Tänzer auf das Podium gelockt, die nun die ausgelassene Stimmung und die wunderbare Atmosphäre des Abends genossen. Die Organisatoren aus der Zehnten hatten sich mächtig ins Zeug gelegt und neben einem riesigen Buffet voller verführerischer italienischer Leckerbissen bei der Dekoration eine romantische Kulisse geschaffen, indem sie zahlreiche Lichterketten und Lampions aufgehängt und die Holzgeländer mit bunten Girlanden aus Krepppapier umwickelt hatten. Ella seufzte. Wer bei diesem Anblick noch kein kribbeliges Gefühl bekam, konnte kein menschliches Wesen, sondern musste eine kalte Maschine sein.

„Erde an Ella, Erde an Ella, bitte melden!" Steffi war Ellas verträumten Blick gefolgt und zwickte sie heftig in den Arm, um sie wieder in die Gegenwart zurückzuholen. „Aua, du tust mir weh!", beschwerte sich Ella empört, worauf Steffi zufrieden lachte. „Das war ja auch der Sinn der Übung! Denkst du eigentlich noch an dein wichtiges Vorhaben für heute Abend? Du wolltest Finn anbaggern, schon vergessen?" Ella machte ein unglückliches Gesicht und trat dabei unsicher von einem Fuß auf den anderen. „Ich glaube, ich trau' mich nicht. Es sind so viele andere hübschen Mädchen da, da habe ich doch keine Chance bei ihm."

„Wenn du dich nicht bewegst und hier nur schmachtend herumstehst, sicher nicht!", entgegnete Steffi ungerührt. „Dann hat deine Konkurrenz freie Bahn und schnappt ihn dir garantiert weg!" Als sie daraufhin Ellas erschrockenes Gesicht sah, wollte Steffi ihrer verunsicherten Freundin Mut machen. „Du siehst Klasse aus, Finn hat zur Zeit keine Freundin und steht auf dunkelhaarige Mädchen. Das weiß ich rein zufällig von meinem Bruder. Also, alles paletti!" Steffis Bruder Sascha und

Finn gingen in dieselbe Klasse, so dass Ella dank Steffi leicht an viele Informationen über ihren heimlichen Schwarm herankommen konnte.

Zur Feier des Tages hatte Ella sich ausnahmsweise eine ganze Stunde Zeit genommen, um sich für das Highlight des Schuljahres, nämlich das alljährliche Sommerfest, möglichst perfekt zu stylen. Sie trug zu ihren heißgeliebten Plateauschuhen und ihrer knackig engen schwarzen Lieblingsjeans ein gelbes bauchfreies T-Shirt, das gut zu ihren kastanienbraunen krausen Haaren passte. Die hatte sie zwar wie immer mühsam glatt gebürstet, heute aber ausnahmsweise offen gelassen und nicht zu einem Pferdeschwanz gebunden. Sie hatte sogar einen pfirsichfarbenen Lipgloss aufgetragen, obwohl sie sich sonst gegen jede Schminkerei wehrte.

„Okay, auf in den Kampf!", fasste sich Ella ein Herz, holte noch einmal tief Luft und machte sich auf den Weg zu Finns Clique, die unmittelbar rechts von der Tanzfläche stand und interessiert das Geschehen beobachtete. Auf halbem Weg erstarrte sie plötzlich. O nein! Das durfte nicht wahr sein! Bitte, bitte, lass es nur eine Fata Morgana sein! Leider entpuppte sich das niederschmetternde Geschehen vor Ellas Augen als grausame Wirklichkeit, die ihre süßen Hoffnungen auf eine erfolgreiche Eroberung ihrer heimlichen Liebe mit einem Schlag zunichtemachte.

Jennifer aus der Parallelklasse hatte Finn angesprochen und ihn auf die Tanzfläche geschleppt, wo sie nun eine heiße Show abzog. Jennifer war DIE Schönheit der Schule und im vergangenen Jahr nicht nur zur Miss Mittelstufe gewählt worden, sondern auch bei einer Modenschau des größten Damenbeklei-dungshauses der Stadt als Model aufgetreten. Seither war Jennifer noch eingebildeter und fühlte sich wie die kommende Toni Garrn.

Auch heute zog sie mit ihrem aufsehen-erregenden Outfit wieder alle Blicke auf sich. Sie sah schon toll aus, musste Ella ihr neidisch zugestehen. Jennifer trug ein feuerrotes, hautenges, minikurzes Paillettenkleid, das ärmellos geschnitten und vorne mit einem gewagt tiefen Ausschnitt versehen war. Zusammen mit den beängstigend hochhackigen Sandaletten betonte das Kleid die perfekte Figur seiner Trägerin und ließ sie atemberaubend sexy wirken. Kein Wunder, dass alle Jungs bei diesem Bild ein flaues Gefühl in der Magengegend bekamen und die Luft anhielten. Mit ihrer dramatischen Hochsteckfrisur, aus der frech einzelne blonde Korkenzieherlocken hervorwippten, und ihrem schrillen, aber gekonnt aufgetragenen Make-up hatte Jennifer erfolgreich sämtliche weibliche Gegnerinnen im Rennen um den Titel des schönsten Mädchens am heutigen Abend aus dem Feld geschlagen.

Jetzt schmiegte sie sich eng an ihre neueste Eroberung, legte besitzergreifend ihre Hände um Finns Hals und zog dabei seinen Kopf gerade so weit zu sich herunter, dass er gezwungenermaßen in ihren Ausschnitt schauen und ihre üppige Ausstattung bewundern musste. Als Jennifer ihn zu allem Übel auch noch auf den Mund küsste und Finn scheinbar auffressen wollte, konnte Ella den schmerzhaften Anblick nicht länger ertragen und sie kehrte völlig niedergeschlagen zu ihrer besten Freundin zurück. Da Steffi die Szene mitverfolgt hatte, erwartete sie Ella mit verständnisvoller Miene und nahm sie tröstend in die Arme. Ella war so enttäuscht und verzweifelt, dass sie sich nicht gegen ihre Tränen wehren konnte und sich schluchzend an Steffi klammerte, die ihr liebevoll über die Haare strich.

Mit einem Mal vermischten sich Ellas Tränen mit den ersten dicken Regentropfen. Entgegen der Hoffnungen der Besucher hatten die dunklen Wolken, die bereits während des gesamten Abends drohend über der Freiluftveranstaltung gehangen waren, kein Einsehen mit dem feiernden Schülervolk gehabt und entleerten sich nun in einem heftigen Platzregen. Der plötzliche Wolkenbruch löste ein regelrechtes Chaos aus.

Sämtliche Mädchen rannten kreischend Richtung Schulgebäude, um sich und vor allem ihre mühsam inszenierte Aufmachung vor der zerstörerischen Nässe in Sicherheit zu bringen. Die meisten der Jungs taten es ihnen nach und nur wenige unter ihnen kümmerten sich um die Rettung der gefährdeten Dinge wie das kalte Buffet oder die hochempfindliche Musikanlage.

„Schau mal", lachte Steffi belustigt, die trotz des prasselnden Regens bei Ella geblieben war, der die Nässe überhaupt nichts auszumachen schien, und deutete mit ihrer rechten Hand Richtung Tanzfläche. „Zum Schießen! Madame löst sich auf! Jetzt bräuchte man einen Fotoapparat!" Sie prustete vor Lachen los und kriegte sich dabei nicht mehr ein, bis sie ein Schluckauf befiel und ihr schadenfrohes Gelächter in ein vergnügtes Glucksen verwandelte.

Als Ella in die angegebene Richtung blickte, stimmte sie in Steffis Lachen ein. Das war ja wirklich ein Bild für die Götter! Jennifer hatte ebenfalls die Flucht ergreifen wollen, war allerdings bei ihrem Versuch mit ihren unpraktischen Stöckelschuhen auf dem glatten Parkett ausgerutscht und hingefallen. Bis sie sich anschließend wieder mühsam aufrappeln konnte, hatte der Regen genügend Zeit gehabt, die vormalige Schönheit in ein entstelltes Monster zu verwandeln. Ihr üppiges Augen-Make-up lief ihr in hässlichen Streifen über das Gesicht und ihre kunstvolle Frisur war in sich zusammengefallen und klebte nun unvorteilhaft an ihrem Kopf, nachdem sich bei ihrem Sturz einige Haarnadeln gelöst und sich der Haarlack vor der nassen Übermacht geschlagen geben musste. Jennifer schien sich mit Finn zu streiten, denn mit verkniffenem Gesichtsausdruck redete sie heftig auf ihn ein. Finn blieb jedoch ungerührt und wandte sich stattdessen seinen Freunden zu, um ihnen beim Abbau der Anlage zu helfen. Jennifer stampfte ein letztes Mal zornig mit dem Fuß auf und stapfte schließlich wütend davon.

„Komm, wir helfen auch mit!" Ella stürzte Richtung Tanzfläche davon und ließ eine verblüffte Steffi zurück, über deren Gesicht kurz darauf ein bedeutungsvolles Lächeln huschte.

„Wohin?" Ella hatte am anderen Ende des Verstärkers angepackt und blickte Finn fragend an. „Am besten zum Vordach bei der Turnhalle, das ist am nächsten", entgegnete Finn, und gemeinsam schleppten sie das Gerät und anschließend noch eine Box ins rettende Trockene. „Hoffentlich haben die Geräte nichts abgekriegt", sorgte sich Ella, als sie neben Finn nach vollbrachter Arbeit darauf wartete, dass der Regen nachließ.

„Dank deiner Hilfe nicht, das war echt Klasse!", lobte Finn seine unerwartete Helferin und musterte interessiert das unverkrampfte Mädchen neben sich. Vermutlich war sie sich gar nicht darüber im Klaren, wie süß sie jetzt mit ihrem völlig durchnässten T-Shirt und ihrem kringeligen Lockenkopf aussah. Ihr Anblick beschleunigte plötzlich seinen Herzschlag.

Was schaut der denn so komisch? Da Ella die veränderte Situation sowie die von einen auf den anderen Augenblick entstandene kribbelnde Spannung bemerkt hatte, fühlte sie sich nun etwas unbehaglich und suchte nach einem neuen Gesprächsthema. „Hoffentlich hört der Regen bald auf", brachte sie endlich mit weichen Knien hervor.

„Meinetwegen könnten wir hier noch stundenlang warten", lächelte Finn sie vielsagend an, nahm Ellas Hand und zog sie so weit unter das Vordach, dass sie von den anderen am Schulgebäude nicht mehr gesehen werden konnten ...

Die Mietfreundin

„Ihr habt doch nicht wirklich geglaubt, dass ich mich auf einen derartigen Blödsinn einlassen würde, oder?", machte sich Lilly über das Anliegen ihres Bruders Leon, oder genauer gesagt, dessen besten Kumpels Niels lustig.

Die beiden Burschen waren vor knapp zehn Minuten verdächtig freundlich in ihr Zimmer gekommen, um sie um einen „kleinen Gefallen" zu bitten. Der darin bestand, dass Lilly am kommenden Wochenende auf der Familienfeier anlässlich des 80. Geburtstags von Niels' Oma seine Freundin mimen sollte.

Mit der Niels seinem ungeliebten Cousin Henning das Lästermaul stopfen wollte. Der hatte sich nämlich bei der letzten derartigen Veranstaltung auf seine gewohnt eingebildete Art über seinen langweiligen Taugenichts-Verwandten lustig gemacht. Dass Niels mit seinem Aussehen und seiner Unsportlichkeit nie eine Freundin abbekommen würde usw. Lackaffe Henning hatte so lange die fiesesten Sprüche abgelassen, bis Niels schließlich der Kragen geplatzt war und er behauptet hatte, dass er sehr wohl eine feste Freundin hätte und zwar eine ganz süße Maus, die nur deswegen nicht gekommen war, weil sie mit Fieber im Bett liegen würde.

Was der verblüffte Henning erst dann glauben wollte, als sich Niels auf die Wette einließ, die schöne Unbekannte an Omas Achtzigstem mitzubringen, andernfalls müsste er ihm ein Jahresabo von Hennings Lieblingszeitschrift löhnen. Niels hatte diesen unseligen Deal bis zu dieser Woche verdrängt, doch zwei Tage vor dem bedeutenden Fest wurde es allerhöchste Eisenbahn und es musste mit allen Mitteln endlich eine Freundin her. Da Niels immer noch solo war, musste er sich auf andere Weise behelfen. Zusammen mit seinem besten Freund Leon hatten sie sich den gesamten Nachmittag das Hirn zermartert, wie Niels aus seiner selbst verschuldeten Situation wieder herauskommen könnte. Schließlich war Leon die glorreiche Idee gekommen, dass seine ein Jahr jüngere Schwester Lilly Niels' Freundin „spielen" könnte. Eben für die paar wichtigen Stunden.

Aber Lilly hatte die beiden Bittsteller nur ungläubig angestarrt, bevor sie lauthals

losgelacht hatte. „Ihr seid echt zu komisch!",
gluckste sie am Ende ihres Lachanfalls. „Nennt
mir bitte einen einzigen vernünftigen Grund,
weshalb ich mich auf dieses verrückte
Unternehmen einlassen sollte!" Herausfordernd
blickte sie die beiden kleinlauten Halbstarken an.
Von den selbstbewussten Neu-Volljährigen war
nach Lillys eindeutiger Reaktion nicht mehr viel
übrig geblieben.

„Der braune Schein, den Niels dir für deine
Dienste springen lassen würde", entgegnete
Leon grinsend. „Dann hättest du endlich das
Geld für dein neues Fahrrad zusammen!" Als
Niels daraufhin hörbar nach Luft schnappte,
verhinderte ein gezielter Ellbogenstoß von Leon,
dass unbedachte Worte seinen offenen Mund
verließen.

„Ich würde wirklich einen Fünfziger dafür
kriegen?", vergewisserte sich Lilly.

„Das wäre Niels die Sache wert, nicht wahr,
Niels?", behauptete Leon. Niels nickte ergeben.
Jetzt, wo Lilly tatsächlich ans Mitmachen dachte,
wollte er kein Risiko eingehen.

„Wann und wie lange?", wollte seine Mietfreundin nun wissen.

„Diesen Samstag von 15 bis Weiß-nicht-wieviel-Uhr".

„Bis höchstens 20 Uhr und mehr wie Händchen halten gibt´s nicht."

Punkt drei Uhr klingelte es. Niels war auf die Minute pünktlich. Nicht übel dachte Lilly, die nach schlechten Erfahrungen bei ihrem Ex Zuverlässigkeit bei Jungen mittlerweile zu schätzen wusste. Ein letzter prüfender Blick in den Spiegel. Was sie sah, gefiel ihr, sollte es auch, denn immerhin hatte sie eine komplette Stunde gebraucht, bis sie mit dem Stylen zufrieden und fertig war. Lilly hatte sich für ihr nachtblaues Samtkleid entschieden, das so wunderbar zu ihren blauen Augen und den mittelblonden Haaren passte, die sie locker hochgesteckt hatte. Passend zu dem schlichten Schnitt ihres Kleides hatte Lilly auf protzigen Goldschmuck und ein extremes Make-up verzichtet. Ihre winzigen Perlenstecker und ein Hauch pastellfarbener Lippenstift reichten völlig.

Erneutes Klingeln riss Lilly aus ihren Gedanken. Energischer, anhaltend, fordernd. Diese ungeduldige Seite kenne ich ja noch gar nicht an Niels, grinste Lilly, schnappte sich ihren Mantel und eilte zur Haustür, um sie so schwungvoll aufzureißen, dass Niels vor Schreck beinahe die Treppenstufen davor hinuntergepurzelt wäre. Oder war es einfach Lillys umwerfender Anblick, der ihn aus dem Gleichgewicht gebracht hatte? Er konnte es selbst nicht sagen.

„Unsere Geschichte kannst du mir ja während der Fahrt erzählen", schlug Lilly vor und nahm in Niels' schwarzem Corsa Platz.

„Welche Geschichte?", fragte er verständnislos.

„Na, wie wir uns kennengelernt haben, wie lange wir schon zusammen sind und all den Kram", erwiderte Lilly mit ernstem Gesicht. „Wäre doch peinlich, wenn wir da abweichende Angaben machen würden, oder?"

„Daran habe ich überhaupt nicht gedacht", gestand Niels zerknirscht. „Okay, dann hörst du mir die nächsten Minuten einfach gut zu", nahm Lilly die Sache in die Hand. „Während ich uns eine passable Story bastle." Ein Nicken war alles, was der hypernervöse Niels zusammenbrachte. „Meine Rettungsaktion kostet natürlich noch einen Zehner extra!", grinste Lilly.

Wer weiß, was sonst noch so alles auf sie zukommen würde ...

„Die beiden, die uns da entgegenlaufen, sind meine Eltern", erklärte Niels rasch, als er mit Lilly an der Hand das elterliche Haus ansteuerte. „Was haben sie denn zu deiner Inszenierung gesagt?".

„Ich habe sie gar nicht eingeweiht", gab Niels kleinlaut zu. „Du hast WAS?!?", rief Lilly empört, konnte aber ihren Satz nicht beenden, weil Niels' Eltern bereits in Hörweite waren. Lilly biss die Zähne zusammen und rang sich ein freundliches Lächeln ab.

„Endlich lernen wir das geheimnisvolle Mädchen kennen, das unserem Niels den Kopf so sehr verdreht hat!", freute sich seine Mutter und drückte Lilly an ihren üppigen Busen.

„Solch einen exzellenten Geschmack hätte ich meinem Sohnemann gar nicht zugetraut", meinte sein Vater und begrüßte Lilly mit einem herzlichen Händedruck. „Sei froh, dass ich nicht zwanzig Jahre jünger bin, sonst würde ich dir die hübsche Dame glatt ausspannen!"

„Untersteh dich!", konterte Niels und legte den Arm um Lillys Schultern. „Die gehört mir!" In dieser herzlichen Atmosphäre entspannte Lilly sichtlich und begann sogar, die Situation ein wenig zu genießen.

„Hauptsache, sie bleibt in der Familie!", lachte Vater und versetzte seinem Sohn einen kameradschaftlichen Fausthieb an den Oberarm. „Und den ersten Tanz schenkt sie mir, nicht wahr, Lilly?", fragte er mit einem vergnügten Augenzwinkern. „Klar, damit Niels sehen kann, was ihm entgeht!", scherzte Lilly.

„Haha, das ist gut!", meinte sein Vater belustigt. „Und genau das, was Niels braucht. Ein temperamentvolles Mädchen, das ihm ein bisschen Dampf macht!"

„Henning wird vor Staunen die Kinnlade herunterfallen", prophezeite Niels' Mutter. „Und danach grün anlaufen vor Neid. Denn seine Flamme hat ihm vor drei Tagen den Laufpass gegeben. Das wird ein Spaß!"

„Geschieht dem arroganten Lümmel nur recht!", brummte Vater.

„Was habt ihr nur alle gegen Henning?", wunderte sich Lilly.

„Die Antwort auf deine Frage, bekommst du spätestens nach fünf Minuten in seiner holden Gegenwart", erwiderte Niels.

„Meine Schwester hat ihn etwas zu sehr verwöhnt", meinte Niels' Mutter.

„Das ist wohl leicht untertrieben", bemerkte Niels' Vater und dann an Lilly gewandt: „Henning ist von Beruf Sohn wohlhabender Eltern."

„Ach so." Lilly lächelte wissend. „Scheint eine lustige Feier zu werden!"

„Na, Niels, alter Loser!", wurden sie wenige Augenblicke später von einem blonden, solariumgebräunten Schönling in ihrem Alter begrüßt. „Und DAS," – Henning betonte das Wörtchen möglichst herablassend – „das ist nun deine tolle Freundin?" Kunstvolle Pause, während der er Lilly mit abfälligem Blick musterte. „Na ja", lächelte Henning boshaft, „man muss sich eben mit dem zufriedengeben, was man bekommt, nicht wahr, Junge? Bei Bedarf könnte ich dir was Besseres vermitteln, Kollege!" Dabei klopfte er Niels kumpelhaft auf die Schulter und lachte aus vollem Halse, als ob er gerade den besten Witz der Welt gerissen hätte.

Lilly kochte innerlich vor Wut. Was bildete sich dieser Unsympath eigentlich ein? Gegen den sympathischen Niels war er doch das reinste Brechmittel! Kein Wunder, dass seine Freundin ihn verlassen hatte! Kein normal intelligentes Mädchen könnte es länger als einen Tag an der Seite dieses Angebers aushalten! Da mochte Henning noch so toll aussehen, unter dem Lack war er eine Niete. Na warte, Freundchen, dachte sich Lilly, dir werde ich deine große Klappe noch austreiben!

„Versuch´s mal mit ´ner Schaufensterpuppe!", schlug Lilly vor und lächelte Henning zuckersüß an. „Von der Optik und dem Intelligenzquotienten her würdet ihr prima zusammenpassen! Außerdem kann sie dir nicht weglaufen!"

Henning klappte den Mund auf und zu wie ein Fisch auf dem Trockenen.

„Genau", pflichtete Niels bei und zog Lilly an sich. „Ich bevorzuge Frauen mit Gehalt!"

Daraufhin küsste ihn Lilly zu seiner Überraschung mitten auf den Mund, wobei ihr ihre spontane Aktion so gut gefiel und Niels' Erwiderung ihr dermaßen wohlige Schauer über den Rücken jagte, dass sie mit dem Küssen gar nicht mehr aufhören konnte und wollte ...

Ein wandelbares Mädchen

„Hey, kannst du nicht aufpassen!?!", empörte sich der Junge, den Paula über den Haufen gerannt hatte, als sie den Gehsteig entlangspurtete, um ihren Frisörtermin statt um geschlagene zwanzig Minuten vielleicht nur um fünfzehn zu überschreiten. Als ob das deutlich weniger „zu spät" gewesen wäre!

Sie hatte fast die gesamte Strecke von der Bushaltestelle im Laufschritt zurückgelegt und bisher das Glück gehabt, dass aus den zahllosen Geschäften, an denen sie in einem Affenzahn vorbeihetzte, kein Kunde auf den Gehsteig getreten war und ihren Weg gekreuzt hatte. Zumindest bis eben. Bis wenige Meter von ihrem Ziel entfernt dieser Typ aus der Bäckerei gekommen und mit ihr zusammengeknallt war. Und zwar mit einer solchen Wucht, dass ihm seine Quarktasche in hohem Bogen aus der Hand auf das Pflaster geflogen war.

„Tschuldigung!", rief Paula, kramte kurz in ihrer Hosentasche und beförderte eine Zweieuro-münze zutage, die sie eigentlich als Trinkgeld eingesteckt hatte, ihm aber nun mit den Worten

„Kauf dir eine neue!" in die Hand drückte. Ehe sich´s Henry versah und ein Dankeschön loswerden konnte, war das ungestüme Mädchen auch schon wieder weg. Eine immer kleiner werdende tannengrüne Jacke, auf der sich ein langer blonder Zopf schlängelte, war das Letzte, was er von ihr sah.

Er zuckte mit den Schultern, hob die verunglückte Quarktasche auf und beförderte sie in den nächsten Abfallkorb, bevor er ein zweites Mal in die Bäckerei marschierte, um sich zwei neue Teilchen zu kaufen. Das Geld reichte für zwei, weil sein Lieblingsgebäck diese Woche im Sonderangebot war. Henry grinste. Da hatte sich der Zusammenstoß für ihn ja richtig gelohnt!

„Bist du dir auch vollkommen sicher?", vergewisserte sich Martin bei Paula, die mit umgebundenem Frisierumhang vor ihm saß, bereits zum dritten Mal.

Martin war der jüngste Bruder ihrer Mutter und gleichzeitig ihr Patenonkel. Seit ihr Haarschopf der gelegentlichen Korrektur eines Figaros bedarf, war Paula stets in den Salon ihres Onkels gegangen, der ihre Wünsche bisher auch immer

184

prompt und zu ihrer vollen Zufriedenheit erfüllt hatte. Bis heute. Mit ihrem Wunsch nach einer flotten Kurzhaarfrisur schien er sich partout nicht anfreunden zu wollen. Daher zum dritten Mal seine Nachfrage.

„Ich spiele wirklich schon länger mit dem Gedanken", entgegnete Paula sichtlich genervt, „und habe mindestens zehnmal darüber geschlafen. Meine Entscheidung steht endgültig fest: Die Haare kommen ab!" Sie unterstrich ihre Entschlossenheit mit einer entsprechenden Handbewegung, bei der ihre Finger den Part der Schere übernahmen.

„Gut, es ist schließlich deine Sache!", seufzte Martin ergeben, der Paulas wunderschönem taillenlangen Haar schon jetzt nachtrauerte. „Weiß Anne Bescheid?", startete er kurz darauf einen erneuten Versuch, Paula von ihrem Entschluss abzubringen. Anne war ihre Mutter.

„Vergiss es!", grinste Paula ihren Onkel an, da sie sein plumpes Manöver sofort durchschaut hatte. „Erstens bin ich diejenige, die sich hier deiner Meinung nach verunstalten lässt, und zweitens habe ich sie über meine Absicht informiert!"

„Und?", wollte Martin in hoffnungsvollem Tonfall wissen, sich verzweifelt an den letzten Strohhalm klammernd. „Sie ist gespannt darauf, wie ich anschließend aussehen werde!", lachte Paula ihren zerknirschten Onkel an. „Ich übrigens auch!" – „Nun", ergab sich Martin in sein Schicksal, „dann wollen wir das Abenteuer mal angehen!"

Als Paula eine knappe Stunde später Martins Salon verließ und ihr bei ihren ständigen Kontrollblicken in nahezu alle Schaufenster ein radikal veränderter Typ entgegenblickte, war sie sich plötzlich gar nicht mehr so sicher, ob es wirklich eine so tolle Idee gewesen war, sich die langen Haare abschneiden zu lassen.

Komisch, nach vollbrachter Tat war Martin derjenige gewesen, der vor lauter Begeisterung über sein Werk und das Ergebnis spitze Begeisterungsrufe ausgestoßen hatte. Sie hatten gemeinsam seine Ordner mit den Fotos von unzähligen Frisuren durchgeschaut und sich schließlich auf einen ziemlich flippigen Pilzkopf mit langem Deckhaar und ausrasiertem Nacken entschieden.

Dagegen war sich Paula jetzt nicht mehr sicher, ob ihr Wunsch nach einer völlig neuen Frisur sonderlich klug oder nicht doch eher einer kurzzeitigen geistigen Umnachtung entsprungen war, die sie, wenn möglich, lieber wieder rückgängig machen sollte.

Verunsichert riskierte sie einen erneuten Blick in den Behelfsspiegel. Obwohl sie das Bild, das sich ihr dort zeigte, inzwischen mindestens zwanzigmal gesehen hatte, erschrak sie stets aufs Neue. Statt des gewohnten romantisch angehauchten und immer ein wenig brav wirkenden Mädchens mit dem offen fließenden blonden Engelshaar bzw. dem praktischen Zopf blickte ihr jetzt ein freches, in gewisser Weise keck und spitzbübisch aussehendes Girlie entgegen.

War es das, was sie gewollt hatte?

Nun gut, sie würde sich wohl erst daran gewöhnen müssen, tröstete sich Paula. Und falls ihr das nicht gelingen sollte, könnte sie die Haare ja auch wieder wachsen lassen. Bei dem langen Deckhaar würde es gar nicht mal so lange dauern.

Mit diesen Gedanken wandte sich Paula von ihrem Spiegelbild ab und steuerte die Bäckerei an, vor deren Tür sie vorhin den peinlichen Zusammenstoß mit dem netten Jungen gehabt hatte. Was sie jetzt gebrauchen konnte, war ein herrlich pappiger Bienenstich. Denn eine leckere Nascherei hatte sie bisher noch immer aufheitern und zufriedenstimmen können. Ja, ein süßer Trost wäre jetzt genau das Richtige!

„Verdammt!", fluchte Henry, als er bei einem flüchtigen Blick auf seine Armbanduhr festgestellt hatte, dass es schon deutlich später war als von ihm angenommen.

Da hatte er bei seinem ausgiebigen Bummel durch die Sportgeschäfte doch tatsächlich vergessen, auf die Zeit zu achten! Und jetzt blieben ihm gerade mal fünf Minuten Zeit, um zum Busbahnhof zu gelangen, wo sein Bus sicher nicht auf ihn als Nachzügler warten würde. Dafür er eine Stunde auf den nächsten.

Also, rennen, was das Zeug hielt! Wenigstens war er gut in Form und würde die Strecke ohne Seitenstechen schaffen. Henry flog in beängstigendem Tempo über den Asphalt, geschickt den unvermittelt vor ihm auftauchenden Hindernissen wie Kinderwagen oder achtlos geparkten Fahrrädern ausweichend.

Wumm!

Er hatte das Mädchen, das ihm da eben aus dem Laden direkt vor die flitzenden Füße getappt war, zu spät gesehen, als dass er noch hätte bremsen können. Die Wucht des Zusammenpralls warf sie um und sie landete ziemlich unsanft auf ihrem Hinterquartier. Dabei verlor sie einen hellen Gegenstand, in den ein anderer Passant, als er die beiden Unfallopfer überholte, prompt hineintappte. Um kurz darauf ärgerlich zu schimpfen, weil ihm etwas Weiches an den Schuhen klebte, nämlich die kümmerlichen Reste eines ehemals verführerischen Gebäckstückes.

Als Paula das Missgeschick des betreffenden Mannes sah, wich ihre anfängliche Verärgerung einem belustigten Lachen. Im nächsten Moment streckte sich ihr bereits eine helfende Hand entgegen und zog sie wieder auf die Beine.

Paula klopfte notdürftig den Staub von ihrer Jacke und wandte sich dem Täter und Retter in einer Person zu. Warum glotzte der Kerl sie nur so blöde an? Hatte sie etwa einen Vanille-cremeflecken im Gesicht abbekommen? Oder war es wieder mal so ein Fall von einem Boy, bei dem sich hinter einer hübschen und netten Fassade ein unterbelichteter Schwachkopf befand? Ach du liebe Güte, jetzt blieb ihm auch noch der Mund offen stehen! Megapeinlich! Am besten, sie machte sich möglichst schnell aus dem Staub!

„Entschuldigung!", stammelte Henry und starrte Paula neugierig und verwirrt an, sichtlich bemüht, es nicht wie Anstarren aussehen zu lassen.

„Halb so schlimm!", entgegnete Paula, die sich unter dem forschenden Blick des eigentlich recht sympathisch wirkenden Jungen ziemlich unwohl fühlte. Was hatte der Typ denn nur?

„Es hört sich zwar blöd an, aber ich glaube, ich habe dich irgendwo schon mal getroffen", versuchte Henry sein seltsames Verhalten zu erklären. Paula rollte gedanklich mit den Augen. Oh nein, nun diese abgedroschene Anmachnummer, das war mehr, als sie verkraften konnte! „Vielleicht habe ich dich aber auch verwechselt. Das Mädchen, das ich meine, hatte lange Haare."

Bei seinen letzten Worten horchte Paula auf und schaute nun ihrerseits ihr verlegenes Gegenüber etwas genauer an. Plötzlich kam ihr die Erkenntnis. Mensch, das war ja der Typ, den sie auf dem Weg zu Martins Salon umgerannt hatte!

„Nein, du hast recht", erwiderte Paula und lächelte. „Ich bin schon das Mädchen, das du meinst. Wegen mir hast du deine Quarktasche verloren", ergänzte sie, um seine Erinnerung aufzufrischen.

„Aber du hattest doch einen blonden Zopf", wunderte sich Henry und verriet damit der erfreuten Paula, dass er ihr anscheinend ausgiebig nachgeschaut hatte.

„Den ich mir wenige Minuten später habe abschneiden lassen", klärte ihn Paula auf und fuhr sich mit den Fingern durch den ungewohnt kurzen Schopf, so, als wollte sie ihre Worte unterstreichen.

„Sieht viel besser aus!", lobte Henry, der mit aller Gewalt das Gespräch mit dem netten Mädchen fortsetzen wollte. Selbst um den Preis von schmeichlerischen Komplimenten oder einen verpassten Bus. Obwohl er seinen Satz eben durchaus ernst gemeint hatte.

„Das habe ich jetzt zur Bestätigung gebraucht!", gab Paula offen zu und überlegte, wie sie den unvermeidlichen Abschied weiter hinauszögern könnte.

„Ich glaube, jetzt schulde ich DIR eine Quarktasche!", meinte Henry und deutete kurz auf den Bienenstichmatsch auf dem Gehsteig.

„Nee, einen Bienenstich!", lachte Paula, ehe sie vorsichtig fragte: „Und vielleicht eine heiße Schokolade im zugehörigen Café?" Ihr Herz klopfte ihr vor lauter Aufregung bis zum Hals.

Wie würde er auf ihren eindeutigen Wunsch regieren? War sie zu aufdringlich gewesen?

„Prima Idee!", freute sich Henry und grinste sie an. „Hätte glatt von mir stammen können!"

Ein „einmaliges" Kleid

„Wahnsinn!", rief Kristina hingerissen aus, als Mia in dem roten Kleid aus der Umkleidekabine trat. „Du siehst einfach klasse aus!" Kristina kriegte sich vor lauter Begeisterung über den umwerfenden Anblick ihrer Freundin überhaupt nicht mehr ein. „Das ist DEIN Kleid, du musst es haben!"

Die beiden Freundinnen hatten sich für diesen Nachmittag zu einer ausgedehnten Shopping-Tour verabredet, um sich für den bevorstehenden Sommerball ihres Gymnasiums das ultimative Kleid zu besorgen, das sie quasi automatisch zur bewunderten und umschwärmten Ballkönigin werden ließ. Über die Tatsache, dass es nur eine Ballkönigin geben wird, machten sich die beiden Mädchen zu diesem Zeitpunkt noch keine Gedanken. In diesem Moment waren sie Freundinnen und keine Konkurrentinnen.

Kristina und Mia waren während der letzten beiden Stunden in den verschiedensten Fachabteilungen und -geschäften gewesen, hatten aber bisher noch nichts Passendes gefunden. Oder besser gesagt, noch nichts, was ihren Vorstellungen entsprochen hätte. Entweder waren ihnen die Kleider zu pompös, zu damenhaft, zu langweilig oder zu gewagt.

Doch jetzt, in der kleinen Boutique, in die sie eher zufällig hineingeraten waren, wurden sie endlich fündig. Sie hatten bereits mehrere freche Cocktailkleider anprobiert und standen nun vor dem Problem, sich für eines der Traumgewänder entscheiden zu müssen.

„Das Kleid ist wie für dich gemacht!", redete Kristina weiter auf ihre Freundin ein. „Nimm es, bevor ich es tue!"

Mia lachte, obwohl ihr eigentlich gar nicht nach Lachen zumute war. Klar, das hautenge, minikurze Satinkleid mit den anmutigen Spaghettiträgern stand ihr wirklich ausgezeichnet und sie hatte sich auch auf Anhieb in diesen roten Traum verliebt. Als sie jedoch in der Kabine einen neugierigen Blick auf das Preisetikett geworfen hatte, war sie über den hohen Preis furchtbar erschrocken. 230 Euro! Ihre Eltern hatten ihr 120 Euro zugestanden, was Mia schon großzügig genug fand. Aber 230 Euro kamen überhaupt nicht in Frage. Sie würde dann wohl doch das gelbe Kleid aus dem ersten Laden nehmen. Das hatte sie zwar nicht hundertprozentig überzeugt, wäre aber zu seinem Preis von 100 Euro eine ordentliche Alternative.

„Leider nicht meine Preisklasse!", lächelte Mia mühsam. „Ich werde eben morgen nochmals losziehen. Immerhin haben wir noch eine Woche Zeit bis zu dem Ball."

„Schade." Kristina war sichtlich enttäuscht. „Es ist zwar super, aber zu meinen blonden Haaren sieht es lange nicht so toll aus wie bei deinen schwarzen."

„Und du, hast du dich schon entschieden, welches du nimmst?", erkundigte sich Mia.

Kristina schüttelte den Kopf. „Ich werde wohl am Wochenende mit Mama mal beim Strasser reinschauen." Strasser war das erste Modehaus am Platz. Schick und sündhaft teuer. Weswegen Mia sich vorhin geweigert hatte, den edlen Laden überhaupt zu betreten. Das konnten sich vielleicht die Berghoffs leisten, Kristinas Eltern hatten ziemlich Kohle, aber ihre eigene Familie auf keinen Fall. Und nur zu gucken, was es denn alles Schönes gibt, das für sie unerschwinglich war, dazu hatte Mia auch keine große Lust. Man muss sich nicht unbedingt selbst quälen, fand sie.

„Tja, dann müssen wir wohl beide die wichtige Entscheidung vertagen!", scherzte Kristina und zog Mia am Ärmel zum Laden hinaus.

„Und du meinst wirklich, dass du das hinbekommst?", fragte Mia nun zum wiederholten Male ihre Mutter.

Diese lachte vergnügt über die Zweifel ihrer Tochter und entgegnete: „Klar. Ich hätte es dir von Anfang an angeboten, aber du warst so voller Begeisterung für eure Einkaufstour, dass ich mich dir nicht aufdrängen wollte."

„Ja, und die war ziemlich ernüchternd!", seufzte Mia in Erinnerung an den gestrigen Nachmittag mit Kristina, der mit dem frustrierenden Verzicht auf ihr Traumkleid geendet hatte. Als sie völlig enttäuscht nach Hause gekommen und von dem tollen, aber sündhaft teuren Kleid erzählt hatte, hatte ihre Mutter den Vorschlag gemacht, am nächsten Tag nochmals gemeinsam in den Laden zu gehen, damit sie sah, wie das Kleid geschnitten war und einen entsprechenden Stoff zu besorgen, um es einfach selbst zu nähen. Obwohl Mia um die hervorragenden Nähkünste ihrer Mutter wusste, sie hatte ihr immerhin schon das eine oder andere tolle Teil angefertigt, war sie skeptisch, ob das Unternehmen zu einem Erfolg werden würde.

Doch pünktlich am Vorabend des großen Ereignisses konnte Mia die gelungene Kopie ihrer Mutter anziehen und sich bewundernd vor dem Spiegel drehen. „Super, Mama!", lachte sie. „Eine perfekt gelungene Fälschung!" Mia tanzte ausgelassen durch den Gang, bis sie außer Puste kam. „Vielen, vielen Dank!" Mia drückte ihrer Mutter einen herzhaften Schmatz auf die Wange. „Du bist die beste Mutter von allen!" – „Das will ich auch hoffen!"

„Wie konntest du mir das antun!", empörte sich Kristina, nachdem die beiden Mädchen in der Garderobe ihre Mäntel abgelegt hatten und sich zu ihrer beider Entsetzen im beinahe gleichen roten Kleid gegenüberstanden. Kristina in dem Original, das sie dann doch noch auf Drängen ihres Vaters, der seine beiden Damen beim

Einkaufen begleitet hatte, gekauft hatte und Mia in der billigeren Imitation ihrer geschickten Mutter.

„Wie hatte ich mich auf diesen Abend gefreut!", klagte Kristina weiter und kämpfte bereits gegen die ersten aufsteigenden Tränen an. „Und jetzt, jetzt hast du alles verdorben!"

„Moment mal", erwachte nun Mia aus ihrer Schreckensstarre, in die sie nach Kristinas Anblick gefallen war. „Du wolltest mit deiner Mutter doch zum Strasser! Wie konnte ich ahnen, dass du doch das rote Kleid kaufen würdest! Du warst schließlich diejenige, die so ein großes Geheimnis darum gemacht hat!"

Jetzt war Kristina an der Reihe, betreten zu schweigen. Denn Mias Vorhaltungen waren vollkommen berechtigt. Sie, Kristina, hatte die glorreiche Idee, dass jede der beiden Freundinnen der anderen nicht verraten dürfe, wie ihr Ballkleid nun aussehe. Um sich gegenseitig zu überraschen. Und die Überraschung war ja auch sichtlich gelungen.

Betretenes Schweigen. Beiderseitige Verunsicherung. Ungemütliche Stille. Der Daniel, Kristinas älterer Bruder, ein jähes Ende bereitete.

Daniel hatte heute ausnahmsweise den großen Wagen seines Vaters nehmen dürfen und zusammen mit seiner Schwester Kristina zunächst seinen Kumpel Julian und dann ihre Freundin Mia abgeholt. Da er sich darüber wunderte, dass die beiden Mädchen nun schon stolze zehn Minuten dafür benötigten, um gerade mal einen Mantel auszuziehen und aufzuhängen, wollte er nun nach dem Rechten sehen und er staunte nicht schlecht, als er die beiden Mädchen erblickte.

„Stark, absolut stark!", begeisterte er sich für den roten Doppelpack. „Ihr schaut fantastisch aus und werdet allen anderen Mädels die Schau stehlen!" Daniel pfiff anerkennend durch die Zähne und ließ seinen Blick fasziniert unentwegt zwischen Kristina und Mia hin und her wandern. „Wirklich eine super Idee!"

Kristina und Mia lächelten sich zaghaft an. Sollte der Abend trotz ihres Missgeschicks doch noch zu einem Erfolg werden?

Nach ihrem aufsehenerregenden Auftritt und zahllosen Tänzen später hatten sie eine eindeutige Antwort erhalten.

Vor allem Kristina war aufgekratzter Stimmung, als sie nämlich beobachtete, dass ihr Bruderherz und Mia auffallend häufig miteinander tanzten und dabei ein umwerfendes Paar abgaben. Vermutlich bemerkten die beiden noch gar nicht, was sich da zwischen ihnen anbahnte, vermutete eine amüsierte Kristina mit einem wissenden Lächeln im Gesicht ...

Eiswalzer

„Willst du es nicht wenigstens mal probieren?"

Luise gönnte sich gerade eine Eis-Pause, die sie dazu nutzen wollte, ihre Freundin Charlotte, die jenseits der Bande stand, zu ersten Gehversuchen mit Schlittschuhen zu überreden. Doch Charlotte ließ sich nicht erweichen und schüttelte energisch den Kopf.

Es war Sonntagnachmittag, den ihre Clique zu Charlottes Leidwesen diesmal in der Eishalle verbrachte. Weil dort nämlich jeden Sonntag sogenanntes „Discolaufen" zu fetziger Musik angesagt war.

Charlotte war zu Beginn des Schuljahres neu in die 10a gekommen und hatte aufgrund ihres netten und unkomplizierten Wesens sehr schnell Anschluss gefunden. An die sogenannte Volleyball-Clique, die ihren Name der Tatsache verdankte, dass beinahe die komplette Jungen-Mannschaft der Realschule ihr angehörte. Sowie einige Mädchen aus der Klasse, die allesamt eher der Rubrik kumpelhafter Jeanstyp und weniger der Kategorie aufgedonnerte Zicke zuzuordnen waren. Charlotte fühlte sich in dieser Clique sehr wohl, in die sie Luise das erste Mal mitgeschleppt hatte. Luise war ihr von der Klassenleiterin als Banknachbarin zugewiesen worden und sie hatten sich auf Anhieb super verstanden, da sie auf der gleichen Wellenlänge lagen.

Bis heute hatte sich Charlotte auch ausnahmslos an allen gemeinsamen Unternehmungen der Clique beteiligt, doch beim Eislaufen passte sie. Obwohl sie sonst ein überaus sportliches Mädchen war, war sie noch nie in ihrem Leben auf Schlittschuhen gestanden – denn es hatte in ihrer alten Heimatstadt keine entsprechende Möglichkeit gegeben – und sie wollte sich nicht zum Gespött der anderen machen.

Erst recht nicht heute, wo Lennart zur „allgemeinen Begeisterung" mit Ramona, dem hübschesten, aber auch ziemlich eingebildeten Mädchen aus der Parallelklasse aufgekreuzt war.

Hätte sich Charlotte vielleicht im letzten Moment doch noch dazu durchringen können, sich ein Paar Schlittschuhe auszuleihen und zu testen, so war das Thema für sie spätestens mit dem

Auftauchen Ramonas erledigt. Sie hatte einen entzündeten Zehennagel als Entschuldigung vorgeschoben und die anderen hatten ihre Ausrede ohne Zweifel geschluckt. Nur Luise kannte die Wahrheit, aber auf Luise war Verlass, die würde dichthalten.

„Schau nur, wie affig sich diese olle Tussi aufführt!", regte sich Luise auf und rollte genervt mit den Augen, als ein lautes Quieken und Kreischen aus Richtung Eisfläche zu hören war und sie sich daraufhin nach der Ursache des grässlichen Lärms umwandten.

Ramona, eine nicht gerade begnadete Kufen-Fee, und das nach mittlerweile mindestens fünf Wintern Praxis, wie Luise spöttisch bemerkte, nutzte ihr Unvermögen gnadenlos zum Flirt mit den Jungen, die – von Tom und Philipp mal abgesehen – ausnahmslos um die bewunderte Schönheit herumschwänzelten. Ramona schien sich immer kurz vor einem Sturz zu befinden, so dass sie spitze Entsetzensschreie ausstieß und wild mit den Armen fuchtelte, um sich letztendlich dankbar von einem hilfsbereiten Retter auffangen zu lassen und sich enger als nötig an ihn zu schmiegen. Da sie dabei ihre

Gunst überaus großzügig und auch gleichmäßig auf alle verteilte, hatte sich Lennarts Miene, der als ihr Begleiter bevorzugt Ansprüche anmelden wollte, mit der Zeit immer mehr verfinstert.

„Was für eine billige Masche!", ereiferte sich Luise über Ramonas Verhalten. „Und die Jungens sind auch noch so blöd und fallen drauf rein! Allen voran Lennart, der kann einem ja schon richtig leidtun! Der Arme scheint sich tatsächlich in diese Zimtzicke verknallt zu haben. Liebe macht eben doch blind!" Sie wandte sich wieder ihrer Freundin zu, als würde ihr der weitere Anblick der theatralischen Diva auf dem Eis regelrecht Schmerzen zufügen.

„Wenigstens zeigen ihr Tom und Philipp die kalte Schulter", meinte Charlotte. „Sonst würde sie ja völlig überschnappen!"

„Tja, die beiden scheinen eben etwas mehr in der Birne zu haben als der Rest!", lachte Luise.

„Ja, ich finde sie auch am nettesten von allen Jungen in der Clique", stimmte Charlotte ihr zu, wobei sie hoffte, ihre Stimme würde sich normal anhören. Und nicht verliebt. Das war sie nämlich seit einiger Zeit. In Philipp. Wie gerne wäre sie mit ihm Hand in Hand über das Eis geschwebt, dieses romantische Bild würde wohl ein Traum von ihr bleiben müssen! Mit einer blutigen Anfängerin, wie sie es war, würde sich kein Junge gerne vor seinen Freunden präsentieren wollen. Ein wenig konnte Charlotte das sogar verstehen. Als hätten sie gemerkt, dass die beiden Mädchen am Rand über sie sprachen, kamen Tom und Philipp in atemberaubendem Tempo angeflitzt und bremsten gekonnt vor Luise und Charlotte ab.

„Was ist los, keine Kondition mehr?", lästerte Tom und grinste Luise herausfordernd an. Sein Spruch erzielte die gewünschte Wirkung. „Pah, wer zuerst an der oberen Bande ist!", rief Luise und schoss im nächsten Moment über das Eis, Tom knapp hinter ihr her.

„Schade, dass du verletzt bist und nicht mitlaufen kannst!", bedauerte Philipp, der bei Charlotte stehen geblieben war.

„Ja, wirklich ärgerlich!", entgegnete Charlotte und schämte sich insgeheim, dass sie ihren heimlichen Schwarm weiterhin anschwindelte.

„Nun, der Winter ist ja noch lang, da ergibt sich bestimmt wieder eine Gelegenheit!", tröstete Philipp ahnungslos die vermeintlich unglücklich Verletzte.

Charlotte erschrak, denn sie hatte nur bis zum heutigen Termin und nicht darüber hinaus gedacht. Klar, bei so viel Spaß würde sich die Clique sicher noch etliche Male im Winter zum Eislaufen treffen. Mist! Gut, dann wäre sie das nächste Mal eben auf dem Geburtstag ihrer Tante in Lübeck. Die nicht existierte.

„Wenn du willst, könnten wir uns ja gleich für nächsten Sonntag verabreden. Auf diesen komischen Alien-Film habe ich nämlich ehrlich gesagt keine besonders große Lust." Fürs kommende Wochenende hatte die Clique einen Kinobesuch geplant. Der neueste Sci-Fi-Streifen. Hochgelobt wegen seiner tollen Effekte. Da sich Charlotte ebenfalls nichts aus derartigen Filmen machte, willigte sie nur allzu gerne in Philipps Vorschlag ein.

„Warum nicht?", antwortete sie so lässig und unbefangen wie möglich. „Wieder um 15 Uhr?"

„Okay, um die gleiche Zeit wie heute vor der Halle. Und den anderen erzählen wir was von familiären Verpflichtungen oder so." Philipp blickte sie verschwörerisch an und legte den rechten Zeigefinger auf die Lippen. „Pst, großes Geheimnis!"

Charlotte nickte kurz, denn vor lauter Aufregung war sie zu keiner anderen Reaktion fähig. Wow, ein Date mit ihrem Traumboy! Gleich morgen würde sie sich ein Paar Schlittschuhe besorgen und jeden Tag üben. Auf dem kleinen Weiher am Waldrand ihrer Siedlung.

*

„Darf ich dir helfen?"

Vor lauter Schreck verlor Charlotte das Gleichgewicht und landete auf dem Hosenboden. Ziemlich unsanft, denn das Eis war steinhart.

„Philipp! Wo kommst denn du her?", stieß Charlotte entgeistert hervor und blickte ihn an wie ein Gespenst.

„Von zu Hause!", grinste er und schnallte sich seine Schlittschuhe an.

„Aber, woher weißt du ...?" – „Dass ich dich hier am Weiher finden kann?", vollendete Philipp ihre Frage. „Luise hat mir den Tipp gegeben."

„Diese Verräterin!", empörte sich Charlotte. „Sie hatte mir doch versprochen, niemandem etwas zu verraten!"

„Ist es denn nun sooo schlimm, dass ich hier bin?", fragte Philipp, glitt gekonnt auf Charlotte zu und half ihr beim Aufstehen. Seine plötzliche Nähe und der tiefe Blick in Philipps wunderschöne haselnussfarbene Augen ließen ihre Knie mit einem Schlag butterweich werden.

„Nein, im Gegenteil!", erwiderte sie und schaute für einen Moment schüchtern auf den Boden, bevor sie entschlossen den Kopf hob und Philipp direkt ins Gesicht sah. „Ich freue mich sehr darüber. So wie auf den Sonntag."

„Das kannst du viel öfter haben, wenn du möchtest!", lächelte Philipp sie an, nahm ihre Hände und zog Charlotte vorsichtig hinter sich her, bis ihre Schritte langsam sicherer wurden. Dann wechselte er an ihre Seite und begnügte sich mit einer Hand. Die er am liebsten niemals mehr losgelassen hätte.

Und irgendwann würde er Charlotte auch erzählen, wie er zusammen mit Luise und Tom diesen raffinierten Plan ausgeheckt und sie alles so eingefädelt hatten, dass er jetzt mit ihr unter Ausschluss der neugierigen Öffentlichkeit zu zweit über das Eis schweben konnte.

Und damit sein größter Wunsch in Erfüllung gegangen ist.

Nikolaus und Magd Ruprecht

„Das meinst du doch nicht wirklich ernst, oder?"

Finja blickte ihren Bruder Mischa prüfend an. Sein Gesichtsausdruck sprach jedoch Bände und machte ihr unmissverständlich klar, dass seine Frage sehr wohl ernst gemeint war.

„Das kannst du vergessen!", wehrte Finja energisch ab und fügte im Brustton der Überzeugung hinzu: „Das mache ich bestimmt nicht!"

Sie wusste gleich, dass irgendetwas im Busch war, als Mischa vor fünf Minuten sachte an ihrer Zimmertür geklopft hatte. Was er so gut wie nie tat. Bisher war das erst zweimal der Fall gewesen und jedes Mal mit einer lästigen Aufgabe für Finja verbunden. Beim ersten Mal sollte sie als eine Art Liebesbotin herhalten und bei einer ihrer Klassenkameradinnen, ausgerechnet ihrer schlimmsten Feindin, ein Rendezvous mit ihm aushandeln, da er sich unsterblich in diese Zicke verknallt hatte. Das war vor zwei Jahren gewesen und hatte zu einer ultrakurzen – satte fünf Tage! – Romanze geführt. Immerhin. Beim zweiten Mal sollte sie dann bei den Eltern Schönwetter machen, nachdem er mit Vaters Wagen beim Einparken einen kniehohen Betonpfeiler gerammt hatte.

Und jetzt, jetzt wollte Mischa, dass sie für seinen Freund und Kommilitonen Sam als Knecht Ruprecht einsprang.

Als Studenten litten die beiden unter ständigem Geldmangel, den sie in der Vorweihnachtszeit dadurch abmilderten, dass sie als Nikolaus und Knecht Ruprecht durch die Kindergärten und Vereine zogen. Die Leihgebühr für die prächtigen Kostüme hatten sie bereits nach dem ersten Auftritt heraus. Die ersten Termine in diesem Jahr hatten reibungslos geklappt und an diesem Wochenende standen die nächsten an. Ganze sieben, da es das offizielle Nikolauswochenende war. Leider hatte Sam sich eine schlimme Infektion zugezogen und lag mit über 39 Fieber im Bett. An einen Auftritt war nicht zu denken. Das sah Finja ja auch ein. Allerdings nicht, dass s i e jetzt den Knecht Ruprecht mimen sollte.

„Ich bin doch eine Frau!", wehrte Finja ab und sie merkte selbst, wie lahm diese Ausrede klang.

„Bei deiner Größe würde das überhaupt niemand merken. Und außerdem ist es auch völlig wurscht!", wiegelte Mischa den Einwand seiner Schwester ab.

Finja seufzte. Im Grunde hatte Mischa ja recht. Mit ihrem Gardemaß von 1,74 m konnte Finja in einem entsprechenden Kostüm jederzeit als junger Mann durchgehen. Obwohl sie gerade mal 16 Jahre alt war. Sie würde von ihrer Figur her vielleicht etwas schmächtig aussehen, aber schließlich liefen nicht alle Typen wie wandelnde Muskelpakete à la Arnie herum.

„Gibt es denn keinen deiner Studienkollegen, der für Sam einspringen könnte?", suchte Finja erneut nach einer Fluchtmöglichkeit.

„Wenn es so wäre, würde ich dich jetzt sicher nicht fragen!", entgegnete Mischa. „Entweder haben sie irgendwelche andere Jobs oder wohnen zu weit weg."

Finja wusste, dass Mischa sie nicht anlog, nur um sie in die Ecke zu drängen. Klar, alle Studenten brauchten Geld und hatten Jobs. Oft am Wochenende zu Hause in ihren Heimatstädten. So wie Mischa auch.

„Dann musst du eben als Nikolaus alleine auftreten, der ist ja auch viel wichtiger als sein Knecht!", beharrte Finja weiterhin auf ihrer ablehnenden Haltung. „ICH werde mir auf jeden Fall keinen Bart ins Gesicht kleben!"

Nur eine Stunde später zierte ein grauer, struppiger Vollbart Finjas Gesicht.

„Mensch, das kratzt ja ekelhaft!", maulte sie und blickte neidisch auf Mischas weißen, bis zum Gürtel wallenden Bart, der wesentlich weicher aussah.

„Das ist nur am Anfang so", tröstete Mischa seine verkleidete Schwester, „nach einer Weile ist dieses Gefühl weg, glaub mir!" Finja gab einen knurrenden Laut von sich, der irgendwo zwischen Ärger und Spaß lag. Ja, nach ihrer anfänglichen Weigerung hatte sie plötzlich Gefallen an der Vorstellung gefunden, in die

Rolle des Knecht Ruprechts zu schlüpfen und aufgeregte Kinder zu erschrecken. So, dass sie vor Begeisterung und Entsetzen zugleich quieken und kreischen würden. Außerdem, wann dürfte sie je wieder so viele Hosenböden versohlen?

„Du siehst einfach klasse aus!", bewunderte Mischa seinen weiblichen Kumpanen. Worüber sich dieser ehrlich freute.

„Und man merkt wirklich nichts?", fragte Finja zum wiederholten Male nach. Sie hatte immer noch Angst, dass sie als weibliche „Magd" Ruprecht enttarnt werden könnte.

„Nein", beruhigte sie Mischa. Das war etwas geschwindelt, denn bei einem genauen Blick könnte man wohl eine leichte Wölbung im Brustbereich von Knecht Ruprecht erkennen. Allerdings nur, wenn man sehr genau schaute. Und auch nur eine kleine Wölbung.

Finja hatte sich ihre langen Haare hochgesteckt und einen riesigen Schlapphut aus schwarzem Filz aufgesetzt, der ihr weit ins Gesicht reichte, so dass man es dank des aufgeklebten Bartes und geschickter Schminke nicht als das eines jungen Mädchens identifizieren konnte. Dazu trug sie schwarze Lederhandschuhe und einen ebenfalls schwarzen, weiten, beinahe bodenlangen Mantel, den sie in der Taille mit einem groben Seil nur locker zusammengebunden hatte. Fest genug, dass es ihr nicht über die Hüfte hinabrutschen konnte, aber auch locker genug, um ihre typisch weiblichen Rundungen zu verbergen. Da sie keine schwarzen Stiefel besaß und sie auch nicht in welchen ihres Bruders herumstolpern wollte, die ihr etliche Nummern zu groß gewesen wären, hatte Finja sich für ihre Turnschuhe als Schuhwerk entschieden. Gut, dass der Mantel so lang war, dann würden ihre blau-weißen Treter nur sehr selten hervorblitzen. Es konnte losgehen!

„Das ist der letzte Termin, dann haben wir es geschafft", kündigte Mischa an, als sie vor dem Vereinsheim des Fußballklubs parkten.

„Zum Glück!", entgegnete Finja erleichtert. Sie hatten mittlerweile nämlich neben drei Familien noch zwei Kindergärten und die Musikschule besucht und dabei knapp hundert Kinder „versorgt". Was für Finja eine beträchtliche

Anzahl wilder Verfolgungsjagden quer durch die jeweiligen Räumlichkeiten und eine ebenso beeindruckende Menge an zwar sachten, aber deswegen für ihren Arm nicht minder anstrengenden Schläge bedeutete.

„Bringen wir es hinter uns!", spornte sie sich selbst an, nachdem Nikolaus und sein Gehilfe von dem zuständigen Jugendbetreuer mit dem notwendigen Material eingedeckt worden waren und sie vor der Eingangstür zum Festsaal standen.

„Noch fünf Mannschaften bis zum Ziel!", feuerte Mischa seine sichtlich erschöpfte Schwester an. Finja schnaubte, hob ergeben die Schultern und klopfte energisch mit ihrer Rute an die Tür.

„Nun wollen wir doch mal sehen, ob die ganz Großen auch so brav wie die Kleinen waren", brummte Mischa mit seiner tiefen Nikolausstimme. „Oder ob ihnen mein Knecht Ruprecht eine Tracht Prügel verpassen muss!"

Gelächter, das sofort erstarb, als Finja die lange, dicke Rute auf den Boden knallen ließ.

„A-Jugend, geschlossen vortreten!", befahl der heilige Nikolaus. Als Finja ihren Blick über die Gesichter ihrer letzten Opfer gleiten ließ, schlug ihr Herz mit einem Male furchtbar wild. Mensch, da war ja der Julius aus der Parallelklasse dabei! Sie wusste gar nicht, dass der Fußball spielte! Hoffentlich würde er sie nicht erkennen! Vor lauter Aufregung wurden ihre Hände ganz feucht.

„Julius Berghoff", las Mischa gerade vor. „Fleißig im Training, aber manchmal unbeherrscht auf dem Platz!"

Finja grinste. Soso, ein kleiner Zornickel war der Julius. „Drei Schläge werden ihm das schon austreiben!", verkündete Nikolaus die Strafe. „Ans Werk, Knecht Ruprecht!"

Doch Julius wollte sich seiner Strafe entziehen und ergriff die Flucht, als Finja sich ihm näherte. Die Menge lachte vor Begeisterung, als ein verzweifelter Knecht Ruprecht den wieselflinken Julius vergeblich verfolgte. Als sich die beiden Hauptdarsteller des Schauspiels gerade in einer entfernten Ecke Auge in Auge gegenüberstanden – Julius lauernd, Finja völlig entkräftet – hatte

Finja plötzlich die Nase voll von dem anstrengenden Theater und sie pfiff nun darauf, ob Julius sie erkennen würde oder nicht.

„Mensch, jetzt lass dich endlich erwischen!", zischte sie ihm wütend zu. Julius staunte nicht schlecht, als Knecht Ruprecht eindeutig weibliche Töne von sich gab! Das war ja hoch interessant! „Bitte, ich kann nicht mehr!", flehte Finja verzweifelt, den Tränen nahe.

„Aber nur, wenn du dich mir zu erkennen gibst, okay?" Finja nickte. „Gut, dann morgen Nachmittag um Fünf beim Bachert", verlangte Julius. Bachert war das beliebteste Café der Stadt. Finja nickte erneut.

Sie hätte jetzt alles versprochen.

Julius war zehn Minuten vor der vereinbarten Zeit da und fragte sich im Stillen, ob er sich nicht zum Narren machen würde.

Warum sollte das Mädchen, das den Knecht Ruprecht gespielt hatte, sein Versprechen halten und zu dem Treffen kommen? Wahrscheinlich würde sie ihn auslachen, weil er sie so leicht hatte davonkommen lassen. Verdammt, er hätte ein Pfand als Sicherheit verlangen müssen. Dass er da im entscheidenden Moment nicht daran gedacht hatte! Er schalt sich wegen seiner Leichtgläubigkeit einen Idioten und behielt den Eingang des Cafés im Auge.

Hey, war das nicht die Finja aus der Parallelklasse? Julius staunte nicht schlecht, als sie schnurstracks auf ihn zukam. Mit einem verschmitzten Lächeln im Gesicht und einem kleinen Schokoladen-Nikolaus in der Hand.

„Der ist dafür, dass du mich gestern so fair gerettet hast!", bedankte sie sich und stellte den Nikolaus vor ihm auf den Tisch.

„Du?", staunte Julius überrascht.

Finja nickte grinsend und ließ sich auf den Stuhl neben ihn sinken. Doch Julius hatte längst den Beweis. Finja trug nämlich exakt die gleichen Turnschuhe, die unter Knecht Ruprechts Mantel hervorgelugt hatten.

„Wenn du das Christkind erwartet hast, muss ich dich leider enttäuschen!", scherzte Finja und hoffte, Julius würde das verräterische Zittern in ihrer Stimme ebenso wenig bemerken wie ihre große Nervosität. Von der sie gar nicht so recht wusste, woher sie eigentlich kam.

„Was brauche ich das Christkind, wenn mir soeben ein leibhaftiger Engel erschienen ist!", erwiderte Julius und bedachte Finja dabei mit einem unergründlichen Blick. Der ihr dermaßen unter die Haut ging, dass es ihren Puls hochjagte. Und sie erröten ließ. Instinktiv legte sie ihre Hände an ihre Wangen, als ob sie dadurch die Röte vertreiben könnte.

„Ist doch süß!", meinte Julius, bevor er ihre schützenden Hände ergriff und behutsam in seine nahm. „Dass so sanfte Hände so hart zuschlagen können!"

Finja musste über seinen aufgesetzten vorwurfsvollen Blick lachen.

Das Eis war gebrochen.

„Sie können aber auch ganz sanft sein!"

Was Julius hoffte, bald erleben zu dürfen ...

Jette allein zuhaus

„Och, Paps, ich bin doch kein kleines Kind mehr!", stöhnte Jette und rollte genervt mit den Augen. „Ihr behandelt mich ja wie einen hilflosen Säugling, also wirklich! Habt ihr vielleicht vergessen, dass ich schon 15 bin?"

„Wir wollen doch nur sicher sein, dass du allein zurechtkommst und keine Angst hast", erwiderte ihr Vater und lächelte seine Tochter wegen seiner möglicherweise übertriebenen Besorgtheit entschuldigend an. Während Jettes Mutter zur elterlichen Rechtfertigung hinzufügte: „Wo es doch in letzter Zeit so viele Einbrüche in unserem Viertel gegeben hat!"

Die Hartmanns hatten sich in Schale geworfen, weil sie in die nahe gelegene Stadt zum Opernbesuch fahren wollten. Da Jettes älterer Bruder Michel den Abend bei seiner Freundin verbrachte, würde ihre Tochter heute alleine im Hause sein. Was sie natürlich schon öfters war und was auch nichts Besonderes gewesen wäre, wenn, ja, wenn es da in ihrer Siedlung nicht diese Einbruchsserie der vergangenen Wochen gegeben hätte.

„Wenn das Telefon geht, musst du unbedingt rangehen, damit wollen sie nämlich testen, ob jemand zuhause ist", schärfte ihr Vater Jette ein.

„Und dass du bloß niemandem die Tür aufmachst, Michel und wir haben Schlüssel und sonst hat hier keiner was zu suchen, klar?" Mutter wiederholte diese Anweisung nun bereits zum dritten Mal, wie Jette belustigt feststellte.

„Ja, ja, ja, und ich mache in mindestens zwei Räumen das Licht an, damit jeder denkt, es befinden sich mehrere Leute in der Wohnung!", sagte Jette brav die nächste Verhaltensregel auf, während sie ihre Eltern energisch Richtung Tür schob. „Und jetzt endlich raus mit euch!" Ein letzter Abschiedskuss und weg waren sie. Endlich! Jette schob den Sicherheitsriegel vor und freute sich auf einen gemütlichen Abend.

Nur fünf Minuten später läutete das Telefon. Pflichtbewusst nahm Jette den Hörer ab: „Jette Hartmann."

„Vuole sua pizzetta con prosciutto o tonno?", erschallte es da aus dem Apparat.

„Wie bitte?", fragte Jette verwirrt, die kein Italienisch verstand. Und die männliche Stimme am anderen Ende der Leitung wohl kein Deutsch, denn der setzte seinen italienischen Wortschwall ungerührt fort. Da sie mit den fremdsprachigen Sätzen nichts anfangen konnte und ihr Gesprächspartner nicht auf ihre zweimaligen Entschuldigungen reagierte, legt sie schließlich einfach auf.

Nachdenklich blickte sie dann das Telefon an. Wer kann das eben nur gewesen sein? Ihre Familie hatte in ihrem Bekanntenkreis keine Italiener, was sollte dieser seltsame Anruf also? Plötzlich durchfuhr es Jette siedendheiß. Außer ...? Nein, das kann nicht sein, versuchte sie sich selbst zu beruhigen, der Gedanke war doch zu abwegig. Oder doch nicht? War das eben jemand von der Mafia gewesen?

Keine Viertelstunde später klingelte das Telefon erneut. Jette erschrak und ihr Herz klopfte bis zum Hals. Was sollte sie nur tun, wenn es wieder der Anrufer von vorhin war? Sollte sie lieber nicht hingehen, bevor sie vielleicht etwas Falsches sagte und ihn verärgerte oder reizte?

Nein, Jette, das wäre feige, stell dich deinem Feind!

Entschlossen nahm sie den Hörer von der Gabel und nannte ihren Namen. Stille. „Hallo, wer ist denn da?", wollte sie von ihrem stummen Gegenüber wissen. Dass jemand dran war, konnte Jette an dem leisen Atmen hören. Klack! Aufgelegt. Erneutes Klingeln, gleiches Spiel. Drangehen, auflegen. Das Spielchen wiederholte sich noch zweimal, jeweils in zehnminütigen Zeitabständen. Schließlich hatte Jette endgültig die Nase voll und zog den Stecker aus der Telefonbuchse. Halt, das ist schlecht, dann würde man ja denken, es wäre niemand da. Also wieder einstecken. Erleichtert und etwas erschöpft legte sich Jette nun auf die Couch und fing den empfohlenen Spielfilm an.

Klingelingeling!!! Erschrocken fuhr Jette hoch. Diesmal die Wohnungstür. Wer konnte das nur sein? Rasch ging sie durch sämtliche Räume und schaltete überall das Licht ein. Klingelingeling! Wie kam es, dass sich das vertraute Geräusch plötzlich so bedrohlich anhörte? Klingelingeling! Zögerlich ging Jette zur Tür und fragte mit verhaltener Stimme: „Wer ist da?"

„Ich bringe die bestellte Pizza!", ertönte es von draußen.

„Ich habe keine Pizza bestellt!", entgegnete Jette, während der Kloß in ihrem Hals immer dicker wurde.

„Ist hier nicht Hartmann, Adenauerring 25?"

„Doch, aber wie gesagt, hier hat niemand eine Pizza bestellt!"

„Aber ja doch", beharrte die unbekannte Jungmännerstimme, „Sie ist sogar schon bezahlt worden. Gestern!" Jette blieb trotzdem stur und rührte sich nicht. „Wenn Sie nicht aufmachen wollen, lege ich sie eben vor die Tür! Wiedersehen!"

Jette wartete zehn Minuten, bevor sie sich traute, die Tür einen Spalt weit zu öffnen. Vorsichtig spähte sie in alle Richtungen, ob jemand aus seinem Versteck stürzen würde. Fehlanzeige. Leise entriegelte sie die Sicherheitskette, riss blitzschnell den Karton an sich und knallte die Tür sofort wieder zu. Die Sicherung kontrollierte sie gleich dreimal, bevor sie mit der Pizza ins Wohnzimmer ging.

Hm, das duftete aber lecker!

Sie wollte gerade in das erste Stück beißen, als ihr ein schrecklicher Verdacht kam und darum hielt sie inne und legte das verführerische Pizzastück wieder unberührt zurück. Wenn sie überhaupt keine Pizza bestellt hatte, sondern jemand anders, dann hatte der sich dabei bestimmt was gedacht. Klar, die Pizza war präpariert! Vergiftet! Angewidert fegte Jette den Pizzakarton samt Inhalt vom Tisch. Das war ein heimtückischer Anschlag und sie wäre auch noch fast darauf hereingefallen!

Erneutes Klingeln an der Tür riss sie aus ihrem Schockzustand. Jette blickte panisch Richtung Flur. Das waren sie wieder! Bestimmt dachten sie, dass das Gift schon seine Wirkung tat! Aber warum klingelten dann die Verbrecher und brachen nicht gleich die Tür auf? Im nächsten Moment kehrte wieder Stille ein. Trügerische Stille. Jette wünschte sich nun nichts sehnlicher, als dass dieser alptraumhafte Abend endlich vorbei wäre.

Pling, pling!

Das Geräusch in ihrem Rücken ließ Jette erschaudern. Das Fenster, jetzt waren sie am Fenster! Waren auch wirklich alle geschlossen? Hastig kontrollierte sie sämtliche Fenster, Gott sei Dank, alle geschlossen!

Pling, pling!

Völlig eingeschüchtert kauerte sich Jette nun auf die Couch und wagte nicht, einen Blick zum Fenster hinauszuwerfen, aus dessen Richtung das Geräusch kam.

Erneute Stille. Doch Jette konnte sich nicht so recht darüber freuen, weil sie sich fragte, welche böse Überraschung wohl als Nächstes auf sie warten würde.

Klingelingeling! Schon wieder das Telefon! Klingelingeling!

Jette zögerte zunächst etwas, ging dann aber doch ran. „Jette Hartmann", hauchte sie.

„Na, endlich!", schallte ihr da die verärgerte Stimme ihres Bruders entgegen. „Wird aber auch langsam Zeit! Kannst du mir vielleicht verraten, warum du mir nicht aufmachst? Oder willst du etwa behaupten, du hättest nicht gehört, wie ich geklingelt und Steinchen ans Fenster geworfen habe. Ich habe meinen Schlüssel vergessen und komme nicht rein!"

Ein regelrechter Steinbruch fiel von Jettes Herzen. „Ich habe so laut Musik gehört, dass ich nichts mitgekriegt habe", versteckte sie ihr panisches Verhalten hinter einer Notlüge.

Und am nächsten Tag sollte Jette auch erfahren, dass ihre Eltern sie zum Trost für das Alleinsein mit einer tags zuvor bestellten und bezahlten Pizza überraschen wollten. Wie hätten sie wissen sollen, dass ausgerechnet an diesem Tag ein Ersatzkoch im Ristorante aushelfen würde, der nur Italienisch sprach?

Auf das Geständnis des anonymen Anrufers musste sie allerdings noch vier Tage warten. Erst dann fand Mattis, ein Kumpel ihres Bruders, der wusste, dass Jette an besagtem Abend alleine zu Hause sein würde, den Mut, ihr zu gestehen, dass er vor Aufregung, die Stimme seiner heimlichen Flamme zu hören, immer wieder aufgelegt hatte. Deshalb wollte er sie jetzt auch lieber persönlich fragen, ob sie nicht vielleicht Lust hätte, zusammen mit ihm die neu eröffnete Eisdiele zu testen ...?

Liebes-Chaos am Valentinstag

„Findest du nicht, dass du etwas dick aufträgst?", meinte Milena skeptisch, nachdem sie den Einkaufszettel ihrer Schwester Maja studiert hatte. „Das liest sich wie rosaroter Kitsch mit Zuckerguss!"

Man schrieb den 11. Februar. Maja war wegen einer fiebrigen Erkältung ans Bett gefesselt und zur Untätigkeit verurteilt. Und das drei Tage vor dem heiß ersehnten Valentinstag, dem Tag der Verliebten, an dem auch sie ihren Schatz Alexander mit den Zuneigungsbekundungen der verschiedensten Art überraschen wollte. Und nun war sie krank, eine vorbildliche Patientin, die sich sehr anstrengte, möglichst schnell wieder gesund zu werden. Bis zum 14. Februar musste sie wenigstens soweit wieder hergestellt sein, um den romantischen Abend mit Alexander erleben zu können. Um die Vorbereitung musste sich nun Milena kümmern, und so hatte sie sich mit einer Einkaufsliste und der Bitte an ihre Schwester gewandt, die erforderlichen Besorgungen für sie zu erledigen.

„Denk nicht darüber nach, sondern kaufe die Sachen einfach, ja?", bat Maja eine Spur zu unwirsch.

„Ich darf ja wohl noch meine Meinung sagen, oder?", entgegnete Milena. „Also, ich würde die Servietten weglassen, wer weiß, ob man so was Spezielles überhaupt bekommt!"

„Ich habe sie letzte Woche beim Dirmer gesehen!", versicherte Maja. „Sonst hätte ich sie wohl kaum aufgeschrieben!"

„Und wirklich rosa? Na ja, die Kerzen sollen blau sein, die Tortenschrift lachsfarben und die Blumen rot ...", wandte Milena erneut ein.

„Ich brauche deinen fachmännischen Kommentar nicht, sondern lediglich deine Hilfe beim Besorgen!" Maja wollte keine weiteren kritischen Bemerkungen ihrer Schwester zu der geplanten Valentins-Inszenierung hören. „Außerdem kannst du das nicht verstehen, weil du nicht selbst verliebt bist!", setzte sie in überheblichem Ton hinzu.

„Danke, dass du mich daran erinnerst, dass ich keinen Freund habe! Wie soll ich als bemitleidenswerte Nicht-Verliebte auch eure ach so großen, tiefen, unendlichen und heiligen Gefühle begreifen, ich, die ja gar nicht mitreden kann!", warf Milena ihrer Schwester wütend an den Kopf. „Sieh doch zu, wie du an deinen Scheiß-Krempel kommst!" Milena rannte aus dem Zimmer ihrer Schwester und knallte die Tür krachend ins Schloss, während Maja ihre verhängnisvollen Worte längst schon wieder bereute.

Als Milena wenige Minuten später das Haus verließ, hatte sie sich bereits wieder beruhigt und schämte sich beinahe etwas für ihren Wutausbruch. Natürlich würde sie ihrer kranken Schwester den Gefallen tun und ihr die gewünschten Sachen besorgen. Schließlich konnte Maja nichts dafür, dass ihr, Milena, das Getue um den Valentinstag gehörig auf den Keks ging. Und das, wie sie sich ehrlich eingestand, wohl auch nur deswegen, weil sie als Solistin an dem romantischen Spaß nicht teilhaben konnte.

War das nicht Milena dort an der Theke?

Moritz sollte auf seinem Heimweg vom Nachmittagsunterricht seiner Mutter ein frisches Brot mitbringen und hatte daher die erstbeste Bäckerei, an der er vorbeikam, angesteuert. Und nicht schlecht gestaunt, als er seinen heimlichen Schwarm Milena aus der Parallelklasse dort entdeckte. Seit einigen Wochen schon hatte er sich in sie „verguckt", aber sie bisher noch nicht anzusprechen getraut. Was er wohl in absehbarer Zeit wegen seiner Schüchternheit auch nicht tun würde, wie Moritz sich ehrlich eingestand.

„Ich möchte gern ein Tortenherz bestellen, etwa 20 cm groß!", erklärte Milena gerade der Verkäuferin. Ein Tortenherz? Das war ja interessant! Klar, Valentinstag, dachte Moritz, aber er hatte gar nicht gewusst dass Milena bereits vergeben war. Warum war ihm das verborgen geblieben, wo er sie doch in der Schule und bei ihrem wöchentlichen Tanzkurs immer heimlich beobachtete?

„Welche Geschmacksrichtung?", fragte die Verkäuferin nun.

„Egal, alles außer Zitrone, Zitrone mag er nicht." Wer war nur dieser mysteriöse „ER"? Moritz spitzte sie Ohren, um ja nichts von der interessanten Bestellung zu verpassen.

„Mit Schriftzug?" Routinemäßig spulte die Verkäuferin ihre Standardfragen ab.

„Ja, die Schrift soll lachsfarben sein und *Meinem Schnuppelchen* lauten." Aus Verlegenheit über diesen in ihren Ohren peinlichen Kosenamen hatte Milena ihre Stimme etwas gesenkt, sodass Moritz sich nicht sicher war, ob er auch alles richtig verstanden hatte. Aber beim „Schnuppelchen" hatte er keine Zweifel und das reichte ihm.

Neugierig geworden verließ Moritz zur Verwunderung der Verkäuferin, die ihn als nächstes bedienen wollte, hinter Milena ebenfalls den Laden, ohne sein Brot gekauft zu haben. In einem entsprechenden Sicherheitsabstand folgte er ihr nach. Zielstrebig ging sie in ein großes Warenhaus. Klar, in die kurzzeitig aufgebaute Valentinsecke, stellte Moritz frustriert fest, das hätte er sich schließlich gleich denken können. Was sie wohl jetzt kaufen würde? Er bezog einen günstigen Beobachtungsposten und harrte der Dinge.

„Haben Sie die Servietten auch in Rosa?", fragte Milena die Verkäuferin und hielt ihr eine Packung mit roten Herzservietten entgegen.

„Sind vorne keine mehr? Dann muss ich im Lager welche holen, einen Moment bitte!" Sprach's, verschwand und kehrte kurz darauf mit der gewünschten Ware zurück. „Sonst noch was?"

„Ja, ich bräuchte dann noch fünf herzförmige Kerzen, blau, in verschiedenen Größen."

„Oh je, blau ist schwierig, da haben wir nur drei Größen!", bedauerte die Verkäuferin und zeigte Milena die entsprechenden Exemplare.

„Das ist schlecht, es sollte für jeden Monat eine andere sein, immer größer", erklärte Milena.

„Da hätten wir nur die blauen Kerzen in der runden Form".

„Nee, geht nicht. Es müssen schon Herzen sein und immer größer. Weil ja die Liebe immer größer geworden ist!", setzte Milena flüsternd hinzu.

„Und rote Herzen?", schlug die Verkäuferin nun vor.

„Rot geht nicht", schüttelte Milena den Kopf. „Es muss unbedingt blau sein, blau ist nämlich seine Lieblingsfarbe."

Moritz hegte mittlerweile gegenüber dem unbekannten Knilch, für den Milena einen dermaßen großen Aufwand betrieb, wenig freundliche Gedanken. Was war das nur für ein komischer Typ?

Anschließend ging es in die Blumenabteilung eines großen Gartencenters.

„Einen roten Rosenstock, bitte."

„Mit Kärtchen?", erkundigte sich die Floristin.

„Ja, aber das möchte ich nicht hier schreiben, sondern mitnehmen und zu Hause in aller Ruhe erledigen."

„Verstehe!", lächelte die Verkäuferin, während sie das Stöckchen und die Karte, die Milena sich aussuchte, in Papier schlug.

Schade! Moritz hätte zu gern gewusst, welchen Text das Kärtchen bekommen würde.

„Die weißen Rosen dort sind ja toll!", meinte Milena, die sich im Laden die Blumenvielfalt anschaute, solange die Verkäuferin mit dem Einpacken beschäftigt war.

„Möchtest du doch lieber die Rosen statt des Stöckchens? Noch kannst du dich entscheiden!", fragte die Floristin.

„Nee, ist ja nicht für mich, sondern für meine Schwester", erklärte Milena mit einem leisen Bedauern in der Stimme und einem sehnsüchtigen Blick in Richtung der weißen Rosen. „Mir persönlich würden sie ja besser gefallen." Sie überlegte kurz, lächelte und holte sich eine einzelne weiße Rose aus dem Wassereimer. „Packen Sie mir diese noch ein, die schenke ich mir einfach selbst!"

„Geht auf Kosten des Hauses", erklärte die Verkäuferin großzügig.

Dass dem jungen Mann, der sich verstohlen zwischen den Yucca-Palmen herumdrückte, bei

Milenas Offenbarung, die Blumen (und wie Moritz daraus schloss auch der Rest der Valentinseinkäufe) seien eine Bestellung für ihre Schwester, das Herz vor Freude einen Riesensatz machte, bekamen die beiden Damen nicht mit.

Wie unberechenbar so ein Herz nur war! Eben noch vor Enttäuschung in die Hosentasche gerutscht und jetzt, jetzt schien es vor Erleichterung platzen zu wollen und klopfte ihm übermütig bis zum Halse. Was blieb Moritz da anderes übrig, als es einfach gewähren zu lassen?

14. Februar. Valentinstag. Tag der Verliebten. Für alle?

Milena hatte Maja bei der Vorbereitung ihres Candle Light Dinners geholfen und sich nach Alexanders Erscheinen diskret in ihr Zimmer zurückgezogen, nicht ohne den beiden Turteltauben einen schönen Abend zu wünschen.

Es war erst 18 Uhr 30 und ein langer einsamer Abend lag vor Milena. Einsam deswegen, weil sich sogar ihre Eltern von dem allgemeinen Valentinsfieber haben anstecken lassen und über das Wochenende in die Stadt ihres Kennenlernens gefahren sind. Gut, sie würde sich später eine Pizza in den Ofen schieben und sich dann einen Spielfilm im Fernsehen anschauen.

Plötzlich klingelte es. Wer konnte das nur sein?

Als Milena die Haustür öffnete, sah sie sich einem riesengroßen Strauß weißer Rosen gegenüber. Das waren ja ihre Rosen!

Und als sich der Strauß langsam senkte und den Blick in ein verlegenes Jungengesicht mit unglaublich blauen Augen freigab, der ihren Puls von Null auf Hundert beschleunigte, stellte sich Milena die Frage, ob es die berühmte Liebe auf den ersten Blick nicht vielleicht doch gäbe ...

Richtig falsch verbunden

„Und, wie ist es gelaufen?", wollte Tessa, die vor Neugier beinahe platzte, von Marie wissen.

Die beiden Freundinnen verbrachten wie jeden Freitag den Nachmittag in ihrem Lieblings-Billiardcafé. Nach dem Motto: Schule vergessen und rein ins Wochenende! Sehen und gesehen werden. Ablästern über die megapeinlichen Vertreterinnen des eigenen Geschlechts und immer die Augen offen für die Prachtexemplare des anderen. Marie und Tessa waren nämlich seit einigen Wochen solo, vor allem für Tessa ein schier unhaltbarer Zustand. Marie trug ihr Single-Dasein mit weitaus größerer Gelassenheit, denn als eher stilles Wasser war sie es gewohnt, von den netten Boys übersehen zu werden.

Heute schien allerdings ihr Glückstag zu werden. Gleich beim Eintreten in das Café waren ihnen zwei unverschämt gut aussehende Jungs ins Auge gestochen, die Tessa, kaum dass sie einen Tisch in unmittelbarer Nähe der Traumprinzen in spe ergattert hatten, auch schon hemmungslos anflirtete. Tessas unverhohlene Anmache hatte sofort die erwünschte Wirkung gezeigt, sodass aus dem rein weiblichen Zweier- ein gemischter Vierertisch wurde. Um kurz darauf wieder in zwei Pärchen zu zerfallen. Tessa verkrümelte sich mit dem von ihr ausgeguckten schwarz gelockten Exemplar an die Theke, während Marie mit dem weizenblonden an ihrem Tisch sitzen blieb. Eine Stunde später waren die beiden Freundinnen wieder unter sich, da ihre Casanovas zu ihrem Training aufbrechen mussten. Lässig schleuderte Tessa eine leere Zigarettenschachtel, auf der unübersehbar eine Telefonnummer prangte, auf den Tisch, bevor sie selbst Platz nahm. Tierisch gespannt darauf, ob Marie, das schüchterne Mäuschen, ebenfalls einen Treffer gelandet hatte.

„Na, mach schon!", drängte Tessa ungeduldig. „Raus mit der Sprache, aber ein bisschen dalli!"

Marie grinste breit. „Er heißt Frederik und spielt Basketball." Sendepause.

„Weiter."

„Er geht in die 10. Klasse der Schiller- Realschule." Erneute Stille.

„Och, Marie!", maulte Tessa. „Lass dir doch nicht alles einzeln aus der Nase ziehen!"

„Was soll ich denn großartig erzählen?", entgegnete Marie. „ Wir haben uns eben gut unterhalten."

„Ja, und weiter?", bohrte Tessa unnachgiebig nach.

„Was weiter?", fragte Marie mit unschuldigem Blick.

„HABT IHR EUCH VERABREDET?" Tessa betonte jedes Wort total übertrieben und war dabei ziemlich laut geworden, sodass sich bereits einige Köpfe neugierig in ihre Richtung gewandt hatten.

„Ich habe seine Telefonnummer!", antwortete Marie hastig, um nicht noch mehr Aufmerksamkeit zu erregen. Als Beweis zeigte sie ihrer Freundin triumphierend ihre linke Handfläche, in die sie, da kein Papier zur Hand, die Zahlenfolge geschrieben hatte.

„Dass ich das noch erleben darf!", schmetterte Tessa theatralisch, wobei sie in die Hände klatschte und die Augen verdrehte. „Marie traut sich mal, einem Boy die Telefonnummer abzuschwatzen!"

Erst drei Tage später fand Marie dann den Mut, Frederik anzurufen. Nervös tippte sie die Zahlenkombination ein und wartete. Mist, besetzt! Frederik würde doch nicht mit einem anderen Mädchen telefonieren? Rasch schob Marie diesen unangenehmen Gedanken beiseite.

Gut, sie würde es eben in einer halben Stunde nochmals probieren. Gesagt, getan, und diesmal hatte sie mehr Glück, denn es kam das ersehnte Freizeichen. Fünfmal, sechsmal, siebenmal. Marie wollte gerade aufgeben, als sich doch noch jemand meldete.

„Reinhard." Weibliches Mittelalter. Garantiert die Mutter.

„Oh, Entschuldigung, da habe ich mich verwählt!" Rasch legte Marie auf. Frederiks Mutter war nicht unbedingt die Person, vor der sich Marie als aufdringliche Verehrerin ihres Sohnes outen wollte.

Morgen war auch noch ein Tag.

Dritter Anlauf.

„Reinhard." Männlich. Jugendlich. Treffer, das musste Frederik sein!

„Hallo, ich bin´s, die Marie!", eröffnete Marie den Plausch, krampfhaft bemüht, ihrer Stimme das gewisse lässige Etwas und die richtige Portion Fröhlichkeit zu verleihen.

„Marie? Welche Marie?", fragte die Stimme am anderen Ende der Leitung.

Verdammt, hatte er sie etwa schon vergessen? Sollte sie nicht vielleicht lieber auflegen, um sich nicht noch weiter zu blamieren? Nachdenklich biss Marie sich auf die Lippen. Nein, das konnte sie nicht bringen, Tessa würde ihr die Hölle heiß machen und außerdem war sie sich das selbst schuldig. Also holte sie tief Luft und gab Frederik den entscheidenden Tipp.

„Der brünette Pferdeschwanz aus dem Billiard-Café!", half sie Frederiks Gedächtnis auf die Sprünge. „Die auf Bryan Adams steht und auf Salami-Pizza."

Stille. Warum sagte der Kerl nur nichts, überlegte Marie verzweifelt. So in der Art *Auf deinen Anruf habe ich schon seit Tagen sehnsüchtig gewartet!* oder *Ich habe schon gedacht, du hast mich bereits vergessen!* Komm, Junge, sag was!

Gut, dann eben ich!

„Hallo, bist du noch dran?", fragte Marie.

„Ich kenne wirklich keine Marie", erwiderte ihr Gesprächspartner. „Du musst mich mit jemandem verwechselt haben."

„Oh!", entfuhr es Marie überrascht. „Ist dort nicht die 8529?"

„Doch."

„Bist du vielleicht Frederiks Bruder?", erkundigte sich Marie hoffnungsvoll.

„Ich habe zwei jüngere Schwestern."

„Oh!" brachte Marie mühsam hervor, den Tränen nahe, weil sie nun wusste, dass ihr Frederik sie schändlich hintergangen und ihr eine falsche Nummer gegeben hatte. „Dann habe ich wohl Pech gehabt. Tut mir leid." In die letzten Worte mischten sich bereits die ersten Tränen.

„Halt, nicht auflegen!", bat der Unbekannte. „Ich kenne Frederik, ich bin mit ihm befreundet."

„Schöne Freunde hast du da!", knurrte Marie sauer.

„Bestimmt wollte er mir einen Gefallen tun und hat ein nettes Mädchen für mich aufgerissen", bemühte sich sein Kumpel um Frederiks Verteidigung. „Und ihr dann mit voller Absicht meine Nummer gegeben."

„Die Story kannst du deiner Großmutter erzählen!", spottete Marie.

„Nein, ehrlich, ich bin total schüchtern und Frederik meint immer, er müsse mir tolle Frauen organisieren. So ist er nun mal. Er meint es wirklich gut!"

Erneute Stille. Marie dachte nach.

Konnte an dieser Erklärung vielleicht doch etwas dran sein? Nun, die Stimme hörte sich schon sehr sympathisch an und wenn er nicht log, dann hatte sie es mit einem sehr ehrlichen Typen zu tun. Sollte sie ihm glauben?

„Marie, bist du noch dran?"

„Nicht mehr lange."

„Ich heiße Jakob", stellte sich Frederiks Freund vor.

„Schön." Marie war immer noch ziemlich verärgert.

„Was hältst du von der Idee, sich bei einer gemeinsamen Pizza für unseren lieben Frederik einen kleinen Denkzettel zu überlegen?"

„Viel. Sehr viel sogar." Marie war sofort dabei.

„Prima, um sieben Uhr im Castello?"

„Okay." Marie wollte schon einhängen, als ihr siedendheiß einfiel, dass sie gar nicht wusste, wie ihr Mitstreiter überhaupt aussah. „Und wie erkenne ich dich?"

„Ich werde vor einer riesengroßen Salami-Pizza sitzen."

„Treffer!", lachte Marie. „Bis später! Bin ja schon sehr gespannt."

Und das war sie wirklich. Und nicht nur sie ...

Der Nachhilfeschüler

„Mensch, Jo, stell dich doch nicht so furchtbar verklemmt an!", stöhnte Ida und verdrehte genervt die Augen. „Da ist doch heutzutage wirklich nichts mehr dabei! Nimm dir ein Beispiel an Emma, die hat den Simon einfach gefragt und es hat wunderbar geklappt!"

Die beiden Freundinnen hatten es sich wie so oft in Idas Zimmer bequem gemacht und klönten, wobei Ida ihre Freundin dazu bewegen wollte, ihren Schwarm für den bevorstehenden Schulball einzuladen.

„Ich bin eben schüchtern!", rechtfertigte Johanna ihre Feigheit. „Und nicht so selbstbewusst wie Emma oder du!" Trotzig vermied sie es, ihre Freundin anzuschauen und heftete stattdessen ihren Blick starr auf einen unbedeutenden Punkt auf dem Teppich, als ob es dort etwas Megaspannendes zu bestaunen gäbe.

„Das weiß ich ja, und das ist ja auch nicht schlimm", lenkte Ida nun ein. „Aber du kannst dich nicht dein Leben lang hinter deiner Schüchternheit verstecken und dabei sämtliche tolle Chancen an dir vorbeiziehen lassen!" Sie knuffte Johanna versöhnlich in die Seite. „Vor allem die zweibeinigen männlichen Gelegenheiten, die supernett sind und Max heißen!" Idas unverwechselbares spitzbübisches Grinsen begann Wirkung zu zeigen.

„Und wenn er Nein sagt?", fragte Johanna ängstlich. „Nach so einer Blamage könnte ich mich ein halbes Jahr nicht mehr in die Schule trauen!"

„Dummerchen!", neckte Ida. „Aus gut unterrichteten Quellen weiß ich zufällig, dass Max dich ziemlich sympathisch findet!"

Johanna erkundigte sich erst gar nicht nach Idas Informationsquellen, weil sie die ohnehin nicht verraten würde. Dass Geheimnisse bei Ida so sicher wie in Fort Knox aufgehoben waren, war allgemein bekannt. Selbst ihre Busenfreundin Johanna bekam nur das aus ihr heraus, was sie erfahren durfte, aber auch keinen Pieps mehr. Kein Wunder, dass Ida stets so gut über alles unterrichtet war. Dennoch wagte Johanna nicht, daran zu glauben, dass Max, ihr heimlicher Schwarm, sie tatsächlich nett finden und sich für sie interessieren könnte. Wo er doch in ihren verliebten Augen der hübscheste und tollste Junge der gesamten Schule war. Auch wenn Ida das etwas anders sah, ihrer Meinung nach war Johannas Flamme eindeutig zu klein und einen Tick zu breit. Dass er aber superwitzig und sehr charmant war, musste auch sie zugeben.

„Glaub mir, er wird dir keinen Korb geben", fügte Ida, die merkte, dass Johannas Bereitschaft langsam anstieg, aufmunternd hinzu. „Das ist so sicher wie das Amen in der Kirche!"

„Okay", entschloss sich Johanna und atmete tief durch. „Ich werde es tun. Gleich morgen nach dem Unterricht, bevor mich mein Mut wieder verlässt!"

„Du hast WAS getan?", fragte Anton ungläubig und schaute seinen Kumpel Max an, als ob dieser von allen guten Geistern verlassen wäre.

„Ich habe Johanna erklärt, dass ich nicht auf den Schulball gehen würde und sie jemand anderen fragen soll."

„Ich fass´ es einfach nicht!", regte sich Anton weiter auf. „Da lädt dich Johanna – wohlgemerkt, die Frau, von der du mir seit Wochen pausenlos vorschwärmst – zum Schulball ein und was macht der werte Mister-Unsterblich-Verknallt-Aber-Anscheinend-Megabekloppt? Er gibt seiner Traumfrau einen Korb!!! Ich glaub', ich bin hier im falschen Film!"

„Ich habe doch nicht einmal gelogen", verteidigte Max seine unrühmliche Vorstellung. „Der Schulball wird ohne mich stattfinden."

„Das sind ja ganz neue Töne", wunderte sich Anton. „Bis eben bin ich eigentlich davon ausgegangen, dass wir gemeinsam hingehen und eine Menge Spaß haben würden!"

„Ach, ja?", spottete Max. „Verrätst du mir auch, wie man sich auf einem Ball als Nichttänzer amüsieren kann?" Da sich Max letzten Winter, als die gesamte Klasse einen Tanzkurs absolviert hatte, bei einem Fußballspiel einen komplizierten Knöchelbruch zugezogen hatte, konnte er als einziger in der Klasse nicht tanzen. Seine Verletzung hatte ihn für Monate außer Gefecht gesetzt und danach konnte er sich nicht mehr zu

253

einem externen Kurs an einer der städtischen Tanzschulen aufraffen.

„Aaah, da liegt das Problem!" Anton pfiff durch die Zähne. „Du hast Angst, dich auf der Tanzläche zu blamieren!"

Max nickte. „Am allerwenigsten vor Johanna!"

„Wann ist der Ball genau?", erkundigte sich Anton.

„In vier Wochen. Wieso?"

„Vier Wochen sind eine lange Zeit", bemerkte Anton lächelnd. „Bis dahin haben wir dein Problem ja dreimal gelöst!"

„Und wie, wenn ich fragen darf?", wollte Max von seinem Freund wissen, der ihn so unverschämt frech angrinste.

„Die Lösung heißt Klara", verkündete Anton mit einem vielsagenden Blick.

„Was hat denn deine Schwester damit zu tun?"

*

„Wirklich ein toller Schuppen hier!", lobte Ida und trank gierig an ihrer Apfelsaftschorle. „Sogar die Preise sind nicht so mörderisch hoch wie im Abraxas."

Die beiden Freundinnen waren an diesem Samstag ihrem Stammclub untreu geworden, um den neu eröffneten Music Garden zu testen. Und sie waren vollauf begeistert. Nicht nur von den taschendgeldfreundlichen Preisen, sondern auch von den getrennten Tanzflächen. Denn neben der großen, auf der die derzeit angesagte Chartmusik gespielt wurde, gab es noch eine zweite, kleinere, die softere Musik spielte. Und zwar in deutlich niedrigerer Lautstärke. Sodass die Ohren nicht so sehr dröhnten und man sich richtig unterhalten konnte und nicht brüllen musste. Obwohl die Liebespärchen in dem kleinen Saal überwogen, tummelte sich hier auch das eine oder andere reine Mädchenpaar, ohne sich dabei blöd vorkommen zu müssen. Auch Ida und Johanna hatten zwischendurch mal ihre Foxkenntnisse aufgefrischt, bevor sie sich wieder in das wilde Einzelgetümmel stürzten.

„Ich muss mal eine Runde aussetzen", erklärte Ida. „Sonst mache ich in spätestens einer halben Stunde endgültig schlapp!"

„Wir können ja ein bisschen bei den Schmuse- schiebern zuschauen!", schlug Johanna vor, die ebenfalls außer Atem war und daher gegen eine kleine Tanzunterbrechung nichts einzuwenden hatte.

„Gute Idee", antwortete Ida. „Dann lass uns mal gucken und lästern gehen!"

Und neidisch werden, dachte Johanna, sprach es aber nicht aus.

„Schau mal, da drüben sind Niklas und Greta!", zupfte Ida zwei Minuten später ihre Freundin am Ärmel. „Komm, lass uns mal kurz rüber gehen und hallo sagen!" Niklas war ein Mitschüler von ihnen, Greta, seine Freundin, ein Mädchen aus der Parallelklasse.

„Hey, was ist los?", wunderte sich Ida, als Johanna keinerlei Reaktion zeigte und mit unbewegter Miene – den Mund nur mehr zu einer schmalen Linie zusammengekniffen, die

Augen leblos, das gesamte Gesicht zu einer traurigen Maske verzerrt – in eine völlig andere Richtung starrte. Als Ida ihrem Blick folgte, entdeckte sie sofort die Ursache für Johannas plötzlichen Stimmungswechsel. Nur wenige Meter von den beiden Mädchen entfernt tanzte Max mit einem hübschen blonden Mädchen und schien sich seinem fröhlichen Lächeln nach blendend zu amüsieren.

„Mir ist schlecht!", stieß Johanna hervor und wandte sich ab. „Ich muss sofort nach Hause."

„Warum weiß ich nicht, dass Max mit Klara zusammen ist?", rätselte Ida, während sie ihrer Freundin folgte, um sie zu trösten.

*

„Verarschen kann ich mich selbst!", schleuderte Johanna dem ahnungslosen Max entgegen. Ihre wütenden Augen schossen Blitze ab und beinahe hätte sich ihre höhnische Stimme vor lauter Zorn überschlagen.

„Was ist denn los?", fragte Max, der mit einem begeisterten Ja, aber keinesfalls mit dieser heftigen Reaktion Johannas gerechnet hatte.

„Was bildest du dir eigentlich ein, wer du bist?", wetterte Johanna los. „Erst gibst du mir einen Korb und jetzt kommst du zwei Tage vor dem Ball daher und erklärst mir, du hättest es dir anders überlegt und möchtest doch mit mir hingehen! Meinst du, ich hätte nichts Besseres zu tun, als daheim in meinem stillen Kämmerlein darauf zu warten, dass der feine Herr meine Bitte erhört?" Johanna stieß ein böses Lachen aus. „Nee, nee, mein Lieber, so läuft das nicht!"

„Aber ich habe es mir wirklich anders überlegt!", stammelte ein überaus verstörter Max.

„Das kannst du deiner Oma erzählen, aber nicht mir!", spottete Johanna. „Die kauft dir deine windige Story vielleicht gerade noch ab"

„Wenn es aber die Wahrheit ist!"

„Die Wahrheit wird wohl sein, dass dich Klara in die Wüste geschickt hat und du jetzt nach einem bequemen Ersatz suchst!", schleuderte ihm

Johanna giftig entgegen, bevor sie ihm den Rücken zukehrte und mit entschlossenen Schritten davonstapfte.

Nach wenigen Metern holte Max sie ein und hielt sie am Ärmel fest. „Lass mich los!", fauchte Johanna wütend.

„Hör mir nur eine Minute zu, dann kannst du gehen!", bat Max. Ob es nun sein flehentlicher Blick oder der verzweifelte Klang seiner Stimme war, der Johanna berührte, konnte sie selbst nicht sagen. Doch die eine Minute wollte sie ihm gewähren. „Ich höre."

„Ich habe dir neulich nur deshalb einen Korb gegeben, weil ich mich nicht vor dir als Nichttänzer blamieren wollte", begann Max. „Worauf mir Anton gehörig den Kopf gewaschen hat. Völlig zu recht, natürlich!" Schüchtern lächelte Max Johanna an.

„Dann kam Anton auf die Idee, dass mir seine Schwester Nachhilfestunden im Tanzen geben könnte, was sie dann auch gemacht hat. Erst daheim im Wohnzimmer der Schneiders, dann auch in der Öffentlichkeit. Letztes Wochenende haben wir beispielsweise im Music Garden geübt. Mittlerweile klappt es bei mir mit dem Tanzen dermaßen gut, dass ich mich traue, mit dir auf den Ball zu gehen." Kurze Pause. „Wenn du noch willst.", fügte Max leise hinzu und starrte wartend auf den Boden.

Schweigen. Nur wenige Sekunden, aber nach Max' Empfinden eine halbe Ewigkeit lang.

„Du kannst mich um Viertel vor Sieben abholen", entgegnete Johanna, ehe sie mit einem Lächeln ergänzte: „Aber keine Minute später!"